Friedel Thiekötter

Cembalist am Glockenseil

Kriminalroman

Neues Literaturkontor

Die Deutsche Bibliothek - CIP-Einheitsaufnahme

Thiekötter, Friedel:
Cembalist am Glockenseil : Kriminalroman / Friedel Thiekötter. -
Bielefeld ; Münster : Neues Literaturkontor, 1994
ISBN 3-920591-25-9

Verlagsanschrift: Goldstraße 15, 48147 Münster
Postfach 101847, 33518 Bielefeld
Satz: Dorothea Potthoff
Umschlaggestaltung: Maria Ritsche
Umschlagsatz: Satzbau GmbH, Bielefeld
Druck und Bindung: AJZ-Druck GmbH, Bielefeld
Printed in Germany

ISBN 3-920591-25-9

Inhalt

Die Wahrheit ist viel zu kostbar,
als daß man nicht sparsam mit ihr umgehen müßte

I

Drüggelter Kapelle am Möhnesee, Köchelverzeichnis

Vom Türmchen der nahen Kapelle schlug es kurze zwei Mal. Es war null Uhr einundzwanzig.

Kötterholz sah es auf seiner Armbanduhr, die er im Halbschlaf vom wackeligen Hotelnachttisch angelte. Dann drehte er sich wieder zur Seite.

Zu diesem Wochenende auf dem Lande hatte er sich ohne viel Überlegung entschlossen. War es das schöne Wetter oder die nervende Trägheit, die es zu überwinden galt, oder doch die alte Gewohnheit, die ihn gerade diese Tage und diesen Ort hatten wählen lassen? Wochenende am Möhnesee! Mehrmals schon hatte er sich einen muffigen Gewohnheitstrottel geschimpft, zu dem er geworden war und der nur im Allbekannten Besonnenheit findet: all diese Kurzurlauber hier, diese Kurzentschlossenen aus dem Kohlenpott, diese bergsüchtigen Holländer und Motorradfahrer, die die kurvigen Strecken am See entlang liebten und die freitäglichen Ledertreffs an der Sperrmauer. Sicher, es war die alte Gewohnheit: Jahrzehntetrott, Jahrzehnteschrott. Zu Dienstagen, Mittwochen, Donnerstagen konnte er sich nicht durchringen; dabei wäre es ein leichtes gewesen, unter der Woche ruhige Tage abseits zu verbringen, woanders, weiter weg, war er doch im heiß erwarteten Ruhestand (sagte er sich). Also endlich frei von Heiratsschwindlern, Ehebrechern und Betrügern bei Sturmschäden. Nicht immer hinterher und auf der Spur. Nicht immer einem Täter hinterher im Auftrag der westfälischen PROVINZIAL. Also nicht mehr Detektiv von morgens bis Tagesanbruch. Kurz und gut gab er ehemaligen Wochenendhochgefühlen nach, begab sich auf die Flucht vor derzeitigen Rentnerträgheiten (das Café am

Münsteraner Servatiiplatz konnte seine Nachmittage auch nicht ausfüllen - aber warum denn gerade ein sonniges week-end am See?). Kurz und gut also, seine Wochenendflucht hielt sich im gewohnten Rahmen, und man werde ja sehen; so war er in Drüggelte gelandet, einer Ansammlung von Höfen oberhalb des Sees, halbwegs zwischen Soest und Arnsberg, am mittelalterlichen Handelsweg. Er hatte sich in das Alte Backhaus eingemietet - ein solches mußte es wohl ehemals gewesen sein (oder der Name war eine Erfindung der Hofbesitzer), jetzt aber restauriert von außen und innen. Natürlich waren die Deckenbohlen belassen, und die Gäste fühlten sich wohl bei Warsteiner Pils und einigen Kurzen.

Neben dem Backhaus stand weiß und zwölfeckig die berühmte oder besser: die in den letzten Jahren zu heimatlichem Ruhm gelangte Kapelle, über deren Geschichte und Kunstgeschichte die Experten des westfälischen Amtes für Denkmalspflege und ihre Gegner stritten und von deren achteckigem barocken Dachreiter es soeben zwei dünne Schläge getan hatte.

Kötterholz drehte sich zur Seite.

Der Tag zuvor, der Freitag, war für ihn wider Erwarten und Erfahrung recht musisch verlaufen. Er hatte sich drüber gefreut. Kunst gedeiht in der Zurückgezogenheit und in der Stille, wenn die Pension automatisch, wohl aber verdient auf das häusliche Konto fließt.

Zunächst hatte er sich am Nachmittag, für das erste Abendgläschen war es noch zu früh, einer Führung durch die Kapelle anvertraut, hatte hin und wieder den Sätzen des ortsansässigen Kunst- und Architekturexperten gelauscht, mit denen dieser gegen die irrigen Ansichten stritt, das kleine Gotteshaus sei im Ursprung die Jagdkapelle Gottfricds II. von Arnsberg gewesen und zu diesem Zweck erbaut. Wobei es allerdings nicht von geringem Interesse gewesen sei, daß just dieser Gottfried 1217 an einem Kreuzzug teilgenommen hatte, von dem eine militärische Nebenlinie gerade hier ihren Ausgangspunkt genommen habe. Möglich also, - möglich, daß man im Vorgriff nach Erzählungen und im sicheren Siegesgefühl eine Nachahmung der Grabeskirche Christi in Jerusalem geschaffen habe. Dieser christliche Aufmarsch im Westfälischen habe sich dann mit dem heiligen Haupttroß weiter südlich getroffen. Und ein reizender Vergleich mit der Gnadenkapelle zu Altötting hatte Kötterholz gefallen.

Aber man müsse nur einmal die Grundrisse nebeneinanderlegen, Herrgottnochmal. Nur einmal die Grundrisse auf sich wirken lassen. Hatte der nachempfindende und durchaus einer Polemik nicht ausweichende Führer gerufen. Und jeder könne sich davon überzeugen, daß die zweite Grabeskirche von Jerusalem doch…

Obwohl Kötterholz mangels Material ein solcher Vergleich nicht zur Verfügung stand, schloß er sich der These des westfälischen Experten an, mit der dieser ganz im Sinne dialektischer Steigerung am Schluß herausrückte, nachdem er auch auf die Baumtruhe von 1170 gewiesen hatte und natürlich besonders auf die zwei Kränze von Säulen um den Kapellenmittelpunkt herum. Kötterholz hatte nach Aufforderung auf den inneren Kreis geblickt, in dem das dicke Seil hing.

»Und wie lautet nun Ihre Theorie?« fragte ein gespannter oder nur ungeduldiger Gast (zwischen Sonne und Wasser), der vielleicht um sein Abendbad fürchtete.

Ja. (Pause)

Ja. Um es kurz zu machen. Die Truhe sei wohl eher ein Hostienbehälter gewesen. Zu schwer, um sie zu klauen (270 kg). Oder eine Opfertruhe. Und damit sei er bei seiner eigenen, gründlich fundierten Ansicht. Wolle aber vom Volksmund her argumentieren, der die Drüggelter Kapelle Heidentempel nenne. Die gestelzte Apsis mit Rundfenster um 800. Der Vorbau von 1200. Der Dachreiter von 1750. Was bleibe, sei ein germanischer Rundbau mit zwei Reihen Säulen von 750. Basta.

Nach diesen nun wirklich verwirrenden, aber auch anregenden Tatsachen und Meinungen hatte Kötterholz im Backhaus ein kleines Essen eingenommen mit Schinken und Ei und hatte vom heimischen Bier getrunken.

Am Abend stand ein Cembalo im inneren Kreis der Kapelle, Nachbau des Holländers Rukkers und des Franzosen Blanchet. Nachgebaut vom auftretenden Künstler selbst, von Wolfgang Olgensatt, Studienrat für Musik am Warsteiner Gymnasium, hatte die Zeitung vom Freitagmorgen gemeldet (wohl ein Abschiedskonzert, hatte die Zeitung gesagt, wollte doch der Künstler, schade sei's drum, nach Brilon sich versetzen lassen), und sie hatte Kötterholz auf das Konzert am Abend neugierig gemacht. Bißchen viel Kultur, noch dazu Geschichte inklusiv, hatte er gedacht und inständig gehofft, seine Neigungen trieben ihn nicht endgültig aufs Gerontisch-Musische zu, sondern ließen noch Platz fürs Faßbare.

Zum Glück hatten am Abend durchaus auch jugendliche Menschen (Schüler aus einem Warsteiner Grundkurs Musik wohl) auf den Klappstühlen Platz genommen, die sie offenbar nach der Kapellenführung wie ebenso das Cembalo aufgestellt hatten. Zwei Mädchen standen an Aufnahmegeräten; es sollte nichts verloren gehen.

Als der Cembalist durch den Vorbau (um 1200) in die Kapelle trat, waren alle Sitzplätze im äußeren Kreis belegt. Kötterholz konnte ihn als Künstler erst gar nicht ausmachen; in Erwartung von Frack und Fliege schaute er zum Eingang und brachte nun erst Beifall und angedeuteten Diener in Verbindung: ein Mann mit randloser Brille, Vollbart und Halbglatze, lächelnd und sichtlich nicht nervös. Der Cembalist mußte den Leuten bekannt sein: ein Konzert unter Freunden; ein grauer Anzug, ein weißes Hemd, offen, ohne Schlips.

Am Cembalo richtete sich der Künstler noch einmal gerade, offenbar, um bei anhaltendem Applaus die folgende Verbeugung als Zeichen der Dankbarkeit deutlicher zu machen. Auch Kötterholz klatschte und merkte, wie er lächelte wie die anderen auch. Er fühlte sich, warum auch nicht, dazugehörig. Es ging auf viertel nach acht.

Mit Hilfe des Handzettels, der als Eintrittskarte überreicht worden war, unterschied Kötterholz von Byrd La Volta und The Bells, von Rameau La Poule und Le Lardon, von Muffat Allemande, Air, Adagio, von Clérambault das Prélude und von Henze das Andantino, von Mozart erkannte er sogar den Türkenmarsch am Ende der Sonate wie alle anderen Zuhörer auch, denn da begann der Beifall rauschend zu werden.

Zwischen den Stücken gab der Künstler Erklärungen zu Instrument und Musik. Er nannte seine Unternehmung ein Gesprächskonzert. Ein Lehrer, dachte Kötterholz, wie auch nicht, und sah ihn am Pult im Klassenzimmer, immer die Hände aneinanderreibend. Gleich kommt das Pausenzeichen, dachte er. Aber er gestand sich ein, daß dies doch wohl nur angelesene Gedanken waren, sozusagen aus zweitem Kopf, denn Erinnerungen aus dem Musikunterricht seiner Tage fehlten ihm gänzlich.

Der näselnde zweideutige Klang des Cembalos trug Kötterholz' Gedanken und Imaginationen weiter, ließen ihn bei den mittleren Säulen verweilen, den dicken und den dünnen, bei den Gewölben (Tonne und Stichkappen), bei dem Okkulus, dem Rundfenster, bei den Kapitellen und Basen, die das für die Zeit typische Eckblatt zeigten, und bei der Dame, die hinter dem Künstler saß, dann und wann aufstand, um ihm die Noten umzublättern, trugen ihn aber schon weiter zur mächtigen Eichentruhe (1170), zu Tages- und Nachtgleichen im Jahreskreis.

Sie hatte das dunkel brünette Haar kurz, es endete auf der Stirn in einem Pony. Den Pferdeschwanz, wohl um nicht zu übertreiben, hatte sie weggelassen. Eine schöne Frau mit schlankem Hals, den ein schwarzer Pulli begrenzte; der beige Sommermantel lag weit um die Schultern. So um die vierzig, riet Kötterholz. Aber so sehr er sich auch anstrengte zu beobachten, ja es herbeidachte, ihre Hände strichen nicht zart über die Schultern des Cembalisten, als dieser sich niedersetzte; sie war fest konzentriert auf das Notenblatt. Auch klatschte sie nicht nach den Stücken und während der angedeuteten Verbeugungen des Künstlers. Seine Frau? Kötterholz verneinte zu sich, auch dann, als seine Gedanken sich der Frage näherten, ob denn wohl ein westfälischer Cembalist eine nachgereiste Konkubine im Rücken haben könne, damit die Töne besser flössen.

Kötterholz stellte sich die Federkiele vor, die die Drahtsaiten im Cembalogehäuse gehorsam zupften; ihr Klang ließ ihm Raum für die Gedanken der dienenden Frau. Sie zogen langsam durch die Gewölbe, zwischen die Säulen, vermengten sich mit Musik und Kötterholz' eigenen Kopfschwingungen.

Gleich sind wir am Ende der rechten Seite. Ich kann gut Noten lesen. Du kannst gut Noten lesen, sagt er immer. Wenn er am Ende der rechten Seite ist, werde ich umblättern müssen. Ich werde ein wenig mich vom Stuhl erheben. Den Rücken aber krumm halten. Die Aufmerksamkeit auf keinen Fall erheben. Unauffällig den Rücken krummhalten. Ich werde mich erheben mit krummem Rücken. Ich werde den rechten Arm ausstrecken. Aber mit ihm einen Bogen schlagen. So von oben her den Noten näherkommen. Von oben her den oberen Rand der Notenblätter anfassen, zwischen Daumen und Zeigefinger fassen, indem ich die rechte obere Ecke der obersten Seite leicht knicken werde. Nur noch wenige Noten. Ich muß exakt sein. Bis dahin muß die Seite noch flach auf der unteren Seite liegen. Nicht etwa eine Falte bilden. Deshalb fassen Daumen und Zeigefinger die

Ecke, während gleichzeitig die übrigen Finger auf die Seite drücken und die Seite plan halten. Dann mit einem Ruck umblättern. - Jetzt. - Und nun muß die Seite links exakt aufliegen, damit sich kein Schatten bildet. Ich setze mich schnell zurück auf den Hocker, in den Schatten seines Rückens. Ich merke, wie die Röte meiner Backen jetzt langsam zurückgehen müßte. Nun habe ich längere Zeit. Die Leute sind aufmerksam, das merkt man. Das wird ihn freuen. Er hat es gern, wenn die Leute aufmerksam sind. Es ist gut, daß die Leute mich fast gar nicht sehen, oder mich sehen, aber nicht darauf achten, daß sie mich sehen. Ich werde vorsichtig und exakt sein beim Umblättern der Noten. Das macht alles aus. Ein Lächeln geht um seinen Mund. Die Leute sind aufmerksam. Das ist der schönste Lohn. Das ist der schönste Lohn, sagt er immer. Das Publikum hängt an seinem Gesicht, seinen Noten hinterher, seiner MUSIK, die er ihnen vom Blatt holt, den Zuhörern. Wie schön es ist, daß ich Noten lesen kann. Mozart lese ich besonders gut. Wenn wir Mozart spielen, ist es am schönsten. Mozart spielen wir am liebsten. Dieses Wehen zwischen ihm und den Leuten, dieses Zueinander, dieses Du und Du und Du. - Jetzt. - Meine Hüfte kommt seinem Rücken ganz nah. Wir sind auf der letzten Seite. Die Akkorde rauschen auf. Die Leute sind zum Ausbruch in Applaus und einheitliche Bewegung bereit. Er sagt immer: bei den letzten Akkorden spürt man den geheimen Kontakt besonders, das geheime Wellen und Schwellen, die MUSIK (zwischen uns). - Der Applaus fällt uns entgegen. - Ich warte, bis er aufgestanden ist, sein Schatten mir ganz über den Körper kommt. Die linke Hand läßt er am Cembalo. Seine leichte Verbeugung sehe ich nicht mehr ganz. Ich bin schnell aufgestanden. Kurz vor dem Ausgang geraten meine Schritte nun doch ins Trippeln. Meine Röte jedoch schwillt ab, und vielleicht umspielt ein Lächeln meinen Mund, wenn ich mich am Ausgang schnell einmal umdrehe. Alle Münder umspielt ein Lächeln. Sein Hemd ist ohne Grauschleier. Wir sind eine große Gemeinde.

Die Zuhörer ließen den Cembalisten nicht los. Und die Zugabe war von Paradisi. »Hoffentlich habe ich das auch geübt!« sagte der Cembalist.

Muß wohl, dachte Kötterholz und lachte wie die andern. Denn die Dame mit dem weiten Sommermantel kam nicht mehr zurück. Der Künstler spielte ohne Noten.

*

Kötterholz erwachte zu früh am Morgen. Er trat an das kleine Fenster seines Zimmers. Die Sonne glänzte hinter den Bergen von Hirschberg, weiter östlich aus der Gegend von Meschede. Er ging hinaus, stand eine Weile oberhalb des Sees, bis er sich einen Überblick verschafft hatte über das, was er schon kannte. Zum Frühstück mochte er noch nicht gehen. Das hätte unwiderruflich den Beginn des neuen Tages bedeutet, den er noch nicht wollte mit all seinen Entscheidungen, die zu treffen waren: Bootsfahrt, Spaziergang durch den Arnsberger Wald am jenseitigen Ufer, Kauf einer Senioren-Mehrfachkarte für den Bus zu Ausflügen und Besichtigungen in Soest und Arnsberg.

Er hatte keine Lust auf Entscheidungen touristischer Art wie zum Ersatz für dienstliche Unaufschiebbarkeiten von ehedem. Es fiel ihm Trögers Spott ein: »Du wirst das Nichtstun genießen wie die Giraffe im Zoo!«

Schon die übereilte kulturelle Entschlossenheit des Vortages, gleich nach Ankunft und Zimmerbelegung, hatte später einen schalen Geschmack hinterlassen. Dies Gewese und Gewusel in arg vergangenen Jahrhunderten mit auf uns gekommenen Werken toter Genies war Rentnergetue, so als ob er sich sein Leben lang mit Kapitellen und Etüden abgegeben hätte und Gefallen oder auch nur Interesse an allzu alten Instrumenten fände, jetzt, sozusagen in aller Ruhe. -

Fängt ja gut an.

Was konnte es zwar schaden, so ein bißchen Musik und Rundbau, aber sein Café am Münsteraner Servatiiplatz hätte er nie verlassen sollen, mit der Zeitung und der schlimm gesprächigen Bedienung, die so schön von ihrer verkorksten Ehe plaudern konnte: ach, der Mann mit dem Tick für verboten junge Frauen. Schön, eine Zeitung war Wirklichkeit aus zweiter Hand, aber doch näher an Hagelschäden und Ehebrüchen als dieses runde Bauklötzchen von Kapelle.

Kötterholz stand oberhalb des Sees mit Sonnenaufgang und Wald jenseits dieser Pfütze. Betrachtete und verschaffte sich Perspektiven und Durchblicke durch Sonnenglast und Baumschatten. Auch ohne Natur hätte er sein Leben lang gut leben können. Nun stand er da.

Wandte sich dann der Kapelle zu. Noch ein kleiner Aufschub vor dem Frühstück. Wenn die keine Zeitung haben, zieh' ich aus!

War der Tag schon verdorben, bevor er begonnen hatte? Und warum, verdammt, dieser Mißmut? Aus Gewohnheiten gerissen und die Frage, warum überhaupt diese gewalttätigen Überstürzungen? Wochenende am See, auch so eine Maßnahme, ohne die er hätte gut auskommen können. Nicht einmal die Motorradfahrer knallten durch die Gegend, und die Holländer kamen gut durch den Morgen, indem sie sich noch einmal die Bettdecke über die Ohren zogen. Ach, der köstliche Schlaf der Werktätigen. Ach, der Neid der Alten, genannt der Älteren, auf ihrer senilen Bettflucht.

Er ging um das sakrale Bauklötzchen.

Er guckte in den rustikal gestylten Schaukasten, aufgestellt vom Heimatverein Möhnesee. Wandern solle man, wandern; wandern, D8 entlang, bis der träfe auf J7 und den Wanderer führe zur Waldkneipe im Grünen (1 1/2 Std). Gegend und Natur und tief, tief Atemholen.

Drüggelte sei gar nicht die unbedeutende Örtlichkeit, als die sie erscheine, sei sie doch Verwaltungsmittelpunkt gewesen des damaligen Amtes zwischen Haarstrang und Arnsberger Wald, bis Kirche und Gehöft von den Wasserfluten verschlungen worden seien beim Bau der Talsperre am Anfang unseres Jahrhunderts. Und einmal, als der See hatte trockengelegt werden müssen, habe man die Grundmauern von Kirche und Höfen gesehen und die Spur der Straßen. Gespenstisch sei es gewesen. Nur das oberhalb gelegene Gut Schulte Drüggelte (samt Kapelle, nicht nur sehenswert, sondern auch bauhistorisch von einigem Interesse) sei übriggeblieben.

Auch eine Art von Ruhestand: das Wasser bis zum Hals.

Kötterholz schüttelte weitere metaphorische Anwandlungen energisch ab. Er schaute sich den Garten an, den englisch kurz geschnittenen Rasen, dieses Unbiotop und sicher Greuel aller Münsteraner Weißblechsammler und Gartenbrunnenbauer. Die Möhren in einer Reihe, die Radieschen in einer Reihe, die Bohnen in einer Reihe und die Erdbeeren in getrampelten Rabatten; am Haus die weiße Fernsehschüssel zum Empfang des tibetanischen Frühstücksprogrammes. Ein gewisser Geruch aus dem Schweinestall.

Nichts konnte es ihm an diesem Morgen recht machen, am allerwenigsten er selbst. - Grund? - Herrgott, laß es!

Die Scheune zu einem Kultursaal bäuerlich restauriert. Im Rahmen der Drüggelter Musentage war angekündigt die Lesung eines heimischen Dichters, Germanisten und Japanologen, eines Spezialisten für Haikus und deren Einfluß auf Hofmannsthals Terzinen, hatte der Veranstalter, der Westfälische Heimatbund, geschrieben. Am folgenden Sonntag um siebzehn Uhr nach dem Kaffee. Kötterholz hatte nicht vor, so lange zu bleiben.

Er ging unter den Vorbau (1200, basta!) der Kapelle, stieß die quietschende Tür auf, trat ein und sah in der kleinen Kuppel - nach Behauptung des Führers vom Vortag ein Tonnengewölbe - die Gestalt hängen. Sie baumelte nicht, keineswegs friedlich im Morgenwind.

Drinnen war es dunkel. Kötterholz trat auf den inneren Kreis zu und erkannte im Aufblicken an grauer Hose und Jacke, am praktischen offenen Hemd, an Bart und Halbglatze den Cembalisten. Die randlose Brille hing schief; ein Bügel war unter das Ohr gerutscht.

So schlecht hat er doch gar nicht gespielt, dachte er kurz. Schalt sich aber sofort einen unsensiblen Kriminalisten, dem beim Anblick einer Leiche jede Betroffenheit fehle. (An dieser Stelle dachte er dann nicht weiter.)

Das Cembalo, nun allerdings geschlossen, stand noch in der Rundung. Rechts daneben lagen drei Klappstühle umgestürzt. Er blickte wieder hinauf und mußte sich dazu zwingen, denn so häufig war der Kontakt von ehemaligen Privatdetektiven mit Leblosen nun auch wieder nicht. Er ließ den schief weggeknickten Kopf bei seiner Übersicht aus und schaute auf das Glockenseil, das tiefer, am Hals, in einen sorgfältigen Knoten endete. Er erinnerte sich kurz, nun aber präzise, an seine unterbrochene Nacht. Es war null Uhr einundzwanzig gewesen, und er hatte deutlich zwei Schläge gehört. Kötterholz lief hinaus, lief einmal um die Kapelle herum (zehn bis zwölf Meter im Durchmesser) und konnte keine Turmuhr entdecken. Beim Wiedereintreten war Kötterholz die Tatzeit klar. Durch den plötzlichen und todbringenden Zug am Seil war der Klöppel offenkundig zweimal an den Glockenrand gesprungen.

Mit Glockenklang aufwärts, dachte Kötterholz. Vom Cembalo in den Himmel. Der arme Teufel. Auf dem Weg zum Telefon im Alten Backhaus hatte der Privatdetektiv schon die ersten Fragen (u.a.): Warum, verdammt noch mal, hängt sich ein westfälischer Studienrat in den inneren Kreis der Drüggelter Kapelle?

Der Polizist des Nachbardorfes schien aufgeregt, als er gleich mehrfach versprach, sofort zu kommen. »Hier Schulte Schwingenhorst. Hier Schulte Schwingenhorst!«

»Und vergessen Sie nicht ein paar Lampen.«

»Ich gebe das Ganze auch gleich weiter nach Soest!« rief Schulte Schwingenhorst in die Muschel.

Kötterholz nickte und legte auf.

Nun hatte sich auch die Zeitungslektüre erledigt und das Frühstück auf viel später verschoben. Die Wirklichkeit hatte ihn wieder, wenn auch in grob lebloser Form. Von freudiger Erregung keine Spur. Kein Gedanke also daran, noch nicht zum alten Eisen zu gehören. Schulte Schwingenhorst traf gegen acht ein. Die Taschenlampen hatte er nicht vergessen, und er sagte: »Dann wolln wir mal!«

»Dann ist er auf das Klavier gestiegen...«, sagte Schulte Schwingenhorst und machte sich Notizen.

Leichen deprimieren, dachte Kötterholz und korrigierte nicht. Sein Aufklärungstrieb hielt sich in engen Grenzen. Er prüfte den dünnen Cembalodeckel, der sich bei bloßem Faustdruck durchbog. Er blickte wieder hoch auf den Mann und schätzte sein Gewicht auf etwa 75 bis 80 Kilo. Er ging mit der Taschenlampe nah an das Cembalo heran und erkannte einige Längskratzer. - Auch jetzt baumelte die Leiche nicht.

Er maß mit den Augen die Länge von Kuppel, Seil, Leiche bis Cembalo. Nickte und machte sich keine Notizen.

Sie warteten auf Hellbach aus Soest.

»Ach, der Hellbach«, sagte Kötterholz. - »Kennen Sie ihn?«

Sie gingen nach draußen vor die Kapelle, und Kötterholz wunderte sich über die morgendliche Menschenleere. War die Fünf-Tage-Woche auch auf Bauernhöfen eingeführt? Schwollen die Kuheuter nicht an Wochenenden? Kötterholz machte sich keine weiteren Gedanken über Züchtungen und Kreuzungen oder agrarische EG-Normen. Die Leiche kam ihm wieder in den Kopf zurück. Er fand keine Gegenwehr.

Ach, der Hellbach, dachte Kötterholz, als er ihn aus dem Auto steigen sah, hinter sich Leute mit Taschen und Geräten.

Sie hatten sich vor etlichen Jahren auf einem Lehrgang kennengelernt (»Der genetische Fingerabdruck - Wegweiser für eine künftige Täterüberführung«), den letzten, den er von Staats wegen absolviert hatte, endgültig die Nase voll von ungeständigen, schlecht riechenden Unterwelttätern einer westfälischen Großstadt, damals noch sehnsüchtig nach weißen Kragen und sorgfältig lackierten Nägeln an Frauen mittleren Alters auf der Suche nach den jungen Gespielinnen ihrer Männer, die es zu etwas gebracht hatten. Er war wirklich nicht scharf auf Leichen im Ruhestand, aber natürlich ebenso wenig auf Pensionsspaziergänge in fahlem Morgenlicht. Sein Maß an Aufregung und Ärgernis erfüllte eine Morgenzeitung und die dort handelnden Figuren.

»Na, ich werd' verrückt, ist das nicht der alte Kötterholz? Altes Haus, wie geht's?«

»Besser als deinem Klienten in der Kirche.«

Sie freuten sich beide über das Wiedersehn.

»Warum sind Leichen und Pensionäre immer am Wochenende auf den Beinen?« rief Hellbach.

»Uns fehlt der Respekt vor der arbeitenden Bevölkerung«, sagte Kötterholz, doch ein wenig brummig über die sinnige Zusammenstellung.

»Ich habe immer schon geahnt, daß es Ruhestand für Kriminalisten nicht gibt. Lehrt schon die einschlägige Literatur.« Hellbach klang stolz.

»Aber immerhin mal was anderes als dauernd deine Schweinediebstähle. Oder?«

Hellbach startete ein Grinsen, als ob er gleich ausbrechen werde in: »Mein idealer Lebenszweck ist Borstenvieh und...«. Kötterholz fürchtete einen Ausflug ins Musikalische bei seinem Kollegen, rief aber auch nicht wie eine fröhliche Dorffleischerin, er habe da etwas gut Abgehangenes. Zynisches paßte nun wirklich nicht zwischen Morgensonnensee und Kirche.

Sie gingen zusammen in die Kapelle.

»Komisch, die vielen Säulen«, sagte Hellbach, als er die Gestalt hinauf blickte.

Er ging um den mittleren Kreis herum, tastete das Cembalo ab, prüfte das Holz und die Fallhöhe.

»Um zwanzig nach zwölf habe ich es zweimal läuten hören«, sagte Kötterholz.

»Du wohnst nebenan?« Er schrieb sich die Uhrzeit auf.

»Die Schrammen«, sagte Kötterholz, und Hellbach nickte.

»War in der Gegend nicht unbekannt, der Junge. Gab häufig Konzerte.« Hellbach hatte sich kundig gemacht.

»Ich hab's gestern gehört. War gut besucht.«

»Studienrat für Musik in Warstein. Wollte sich aber nach Brilon versetzen lassen.«

Kötterholz schaute auf: »Gab's einen Grund?«

»Keine Ahnung«, antwortete Hellbach. Fügte dann hinzu: »War seine Schwägerin auch dabei?«

Kötterholz zuckte die Schultern: »Wieso?«

»Die blättert ihm immer die Noten um. Schöne Frau.«

»Dann saß sie hinter ihm. Wirklich eine schöne Frau.«

»Sein Vater hat einen Autosalon in Neheim. FIAT. Haben ganz schön was an den Füßen, die Leute.«

»Er auch?«

»Wenn er geerbt hätte.«

»Dann hätte doch eher der Alte dran glauben müssen.«

»Du denkst an Mord?« - »Und du?«

»Wir müssen die Autopsie abwarten. Die Glocke besagt noch gar nichts. Vielleicht das Cembalo. Die Kratzer. Die umgestürzten Stühle.«

Schulte Schwingenhorst hielt im Schreiben inne.

»Mit C«, sagte Hellbach.

»Der hatte doch keine Feinde«, sagte Schulte Schwingenhorst. »Wieso Mord?«

»Ich sag' doch, wir müssen abwarten.«

»Bleibst du lange?« wandte sich Hellbach an Kötterholz zurück.

»Ich mache nur Wochenende«, antwortete der.

»Bleib noch ein bißchen. Hast doch Zeit jetzt.«

Kötterholz schien das Angebot zu gefallen, fühlte sich geschmeichelt. Er sagte: »Ich habe schon dran gedacht, Tröger zu holen.« Der sei sein Nachfolger in der Detektei und wirklich fähig.

»Aber an einem Wochenende kriegen wir das nicht hin«, meinte Hellbach. »Wir könnten doch zusammen... Oder?«

»Ich bin nicht geil auf Leichen.«

»Ich auch nicht.«

Hellbach ging als erster hinaus.

»Komische Kirche. Wußte gar nicht, daß sie so berühmt ist.«

Hellbach hatte sich in der kurzen Zeit also vorbereitet. Vielleicht lag ein handlicher westfälischer Kunstführer neben seinem Telefon, oder seine Frau besuchte die Volkshochschule, die Kurse für heimische Architekturgeschichte inklusive Exkursionsangebot, und er hatte sie angerufen.

»Hast du schnell nachgeschaut?« fragte Kötterholz.

»Nein. Meine Frau ist in der Volkshochschule«, antwortete Hellbach.

»Ach so.«

Vor dem Alten Backhaus verabschiedeten sie sich.

Schulte Schwingenhorst legte die Hand an die Mütze.

»Ich laß den Künstler abholen«, sagte Hellbach, »und ich melde mich dann. Ich werde die Familie benachrichtigen. Ruf deinen Tröger.«

»Ich habe keine Lust auf große Verbrecher.«

»Mörder sind auch nur Menschen.« Hellbach hatte sich bei diesem Satz umgedreht. Schulte Schwingenhorst war schon voraufgegangen, kam aber dann eilig zurück.

»Ich habe vergessen, die Tür zu versiegeln«, sagte er im Vorbeigehn.

Kötterholz ging frühstücken. Neben seinem Platz lag der »Soester Anzeiger«. Aber er ließ die Zeitung unberührt.

Dann hatte er es plötzlich eilig und ging zum Telefon.

»Aufs Knöpfchen drücken«, rief fröhlich die Wirtin.

»Pack dich in dein Auto und komm«, sagte er zu Tröger.

»Hast du einen Auftrag?« fragte der zurück.

»Noch nicht«, sagte Kötterholz.

»Donnerwetter!« machte Tröger. »Immer noch geschäftstüchtig!«

»Ihr sollt nicht am Hungertuch nagen.«

»Um was geht's?« Tröger war eifrig.

»Ein Hängender.«

»Ein Freund von dir?«

»Nein. Aber der Kommissar.«

»Amtshilfe.«

»Genau.«

»Wie weit ist es denn bis zu deinem See?«

»Mozarts Klavierkonzerte Nr. 23 und 24«, sagte Kötterholz.

»Und Köchel-Verzeichnis?« fragte Tröger.

II

Familie (Arnsberg 1, HSK)

»Mit deinen musikalischen Kenntnissen hast du während deiner aktiven Zeit immer geschickt hinter dem Berg gehalten.«

»Wer ist hier nicht mehr aktiv?« knurrte Kötterholz Tröger an, als der am späteren Morgen eintraf.

Sie gingen zusammen in die Kapelle hinüber. Er kümmerte sich nicht lange um das polizeiliche Siegel und öffnete die Tür.

»Deine Zusammenarbeit mit der Kripo scheint ja schon sehr eng gedichen zu sein«, meinte Tröger. »Oder knüpfst du alte Bande neu?«

Er war ein junger Mann von etwa dreißig, hatte schwarzes gewelltes Haar, war mittelgroß, kräftig; seine Augen glitten eilig durch den Raum. Kötterholz wies auf das Cembalo; er strich mit der Hand darüber und schaute zu dem Toten hoch, den sie noch nicht abgeholt hatten.

»Ein kunstvoller Knoten«, sagte Tröger, »sieht man nur noch bei Lynchszenen in amerikanischen Western. - Kann man hier Segelboote leihen?«

»Kannst du segeln?« fragte Kötterholz.

»Ein bißchen.«

»Und warum willst du?«

»Dabei kommen einem gute Gedanken.«

»Die kommen beim Arbeiten«, meinte Kötterholz.

»Jawohl, Chef.« Er war dabei, mit einiger Anstrengung den Deckel der Baumtruhe hochzustemmen.

»Die Leiche hängt hier«, sagte Kötterholz. Wollte aber keineswegs witzig sein.

»Nur mal gucken«, sagte Tröger. »Was mag da wohl alles mit rumgeschleppt worden sein?«

»Hostien«, sagte Kötterholz.
»Willst du mich verarschen?« sagte Tröger.
»Sagt der Heimatführer«, sagte Kötterholz.
»Wenn hier nicht alles von klerikaler Funktion ist, halten sich die Leute für Heiden.«
»Also, was meinst du?« Kötterholz wurde ein wenig ungeduldig, zumal Tröger nun den Deckel des Cembalos anhob. Aufdeckungsmanie, dachte er.
»Auf keinen Fall Selbstmord«, sagte Tröger.
»Und Beweise?«
»Mein Gott, ich bin grade angekommen. - Oder Fressalien.« Tröger wies auf die Truhe.
»Ja. Ja. Wir gehen gleich essen. - Ich zahle.«
»Was ist eigentlich ein Cembalo?« fragte Tröger, wartete aber nicht auf Antwort, und Kötterholz wollte nicht mit seinen erst einen Tag alten Kenntnissen strunzen. Begann aber: »Die Saiten werden durch Federkiele angerissen... Mein Gott, Tröger, du bist ungebildet.«
»Du machst mir Angst mit deinem Rundumwissen.« Tröger schloß das Cembalo. Dann fragte er: »Und du hast es tatsächlich zweimal schlagen gehört?«
»Auch wenn es nur einmal gewesen wäre, also entweder halb eins oder ein Uhr oder halb zwei, wär's auffällig. Nich?«
»Oder es schlägt auch viertel nach und viertel vor.«
»Aber nicht zwanzig nach zwölf.«
»Deine Uhr geht richtig?«
»Weißt du doch: immer. Im Gegensatz zu deiner.«
»Weitere dämliche Bemerkungen über meine angebliche Unpünktlichkeit, und die Leiche kriegt Gesellschaft.«
Tröger schien wahrhaftig wütend zu werden. Diesen kurzen harten Stechblick kannte Kötterholz nur zu gut; er war ihm unangenehm und peinlich. Tröger war zu unkontrollierten Brüllausbrüchen fähig, die mehrere Leute gleichzeitig in betretene Stille zwingen konnten.

»Beruhige dich. Außerdem hat die Kapelle gar keine Uhr.«

»Die Glockenschläge beweisen noch keine Fremdeinwirkung«, ging Tröger auf diesen Vermittlungsvorschlag ein. »Warum sind die Stühle umgestürzt?« fragte er.

Es ging auf Mittag zu, und pünktlich hatten sich auf der Uferstraße die Motorräder eingestellt. Dann und wann zog ein Knatterpulk vorbei oder das volle Röhren der eigentlichen Maschinen, die alle anderen Fahrer erblassen lassen.

Als sie beim Essen saßen, ging das Telefon. Die Bedienung zeigte es Kötterholz auf dem Tresen. Es war Hellbach. Er berichtete von seinem Gespräch mit der Familie Olgensatt. Er wollte am Nachmittag hin und lud sie ein mitzukommen.

Kötterholz hängte ein und ging zu Tröger. Olgensatt sei unverheiratet gewesen. Von seinem Privatleben wisse man nichts.

»Na, dann war's Liebe«, meinte Tröger und lobte den Sauerbraten.

»Du immer mit deiner Liebe.«

»Schließlich spreche ich aus freudiger Erfahrung«, sagte Tröger.

»Und warum hast du dich noch nicht aufgehängt?«

»Aus Angst.«

»Deswegen sind alle Privatdetektive unverheiratet?«

»Wir wissen eben, wie's zugeht. - Und du?«

»Ein dämliches Gespräch!« Kötterholz knurrte und lobte sein Kasseler auf Sauerkraut.

Anschließend rauchten sie jeder eine Zigarette.

»Du übernimmst am besten übermorgen die Schule. Bei dir ist das noch nicht so lange her.«

Natürlich stöhnte Tröger auf. Was er da solle.

»Wir brauchen Einzelheiten: sein Leben, sein Umgang. Was war er für ein Mensch? Frag die Kollegen, die Schüler!«

»Die Kolleginnen! Die Schülerinnen!«

»Meinetwegen auch die KollegInnen und SchülerInnen.«

»Fascho-Macho«, sagte Tröger sanft.

»Getaufter Feminist.«

»Ach, die armen Frauen.«

Bei dem kennt man sich nicht aus, dachte Kötterholz. Wirbelt so hin und her mit seinen Sätzen. Er schaute durchs Fenster. Tröger ging, um sich in seinem Zimmer einzurichten. Kötterholz schaute weiter durchs Fenster.

Bei einem Mord weiß man erst so recht, wie angenehm das Leben ist. - Wieso Mord? - Das war ihr erster Gedanke gewesen. Nichts als berufliche Deformation. Basta. Dann nahm er sich vor, keine weiteren Gemeinplätze mehr zu denken.

Anschließend hupte draußen Hellbach, Tröger erschien tatsächlich pünktlich, und sie fuhren zu dritt nach Neheim.

*

Es war eine ziemlich große Villa am Neheimer Kopf. So hieß die Straße tatsächlich. Von hier aus hatten sie einen freien Blick auf dic hohe Backsteinkirche im Tal und auf den gegenüberliegenden Berg.

»Das ist Bergheim. Wie der Name schon sagt. Und links am Hang das Rodelhäuschen. Da kann man gut Forellen essen.« - »Erstmal wird hier geangelt«, sagte Tröger.

»Der ist ja wild aufs Arbeiten«, murmelte Hellbach Kötterholz zu, damit Tröger es aber verstand.

»Vielleicht will er schnell nach Hause«, sagte Kötterholz.

Es öffnete eine schöne Frau, so um die vierzig, die sicherlich nicht die Hausgehilfin war, sondern die Notenumblätterin, wie Kötterholz erkannte. Ohne jeden Ausdruck im Gesicht, dachte er.

Grau, lächelnd, dachte Tröger. Hat sich noch nicht umziehn können. Denn sie trug eine helle Bluse in farbigen, asymmetrischen Formen. Die schwarzen Leggings paßten weder zur Bluse noch zum Gesicht.

Frau Olgensatt hatte sich vorgestellt und ging ins Speisezimmer voraus. Am Tisch saßen zwei Männer, die Frau Olgensatt als ihren Schwiegervater und ihren Mann vorstellte. Man sprach außer Begrüßungen und gemurmelten Beileidsformeln kein Wort. Die haben nicht sehr ausgiebig gegessen, dachte Kötterholz. Was ja verständlich war. Die Speisen standen noch auf dem Tisch, fast unberührt und sichtlich kalt. Hätten sie ordentlich zugelangt, wäre mir das auch aufgefallen. Einmal in Greifnähe zu einer Gewalttat, gerät alles in Verdacht, sinnierte der Detektiv.

Der Alte, ein dicklicher Kopf mit vollem grauen Haar, hatte ein Kognakglas vor sich stehen. Hatte offensichtlich ausgetrunken, aber die Hand noch am Glas.

Die Männer standen auf. Frau Olgensatt machte eine Handbewegung. Alle setzten sich an den Tisch. Ob sie etwas anbieten könne. Die drei Eindringlinge verneinten. Der junge Herr Olgensatt schwenkte sein volles Glas und schien nicht daran zu denken auszutrinken.

»Gleich zu dritt?« sagte nach einer Weile der Alte. Aber das klang gar nicht mal unfreundlich. Hellbach stellte die beiden anderen vor.

»Na, meinetwegen«, sagte der Alte.

Sie saßen wieder schweigend vor den Speisen. Und es wäre eigentlich Hellbachs Sache gewesen, Fragen zu stellen.

»Wir gehen nach nebenan«, sagte der Alte. »Hier wird's ungemütlich.« Als ob es denn hätte gemütlich werden können.

Alle standen auf. Und nun kam doch noch die Hausgehilfin, um abzuräumen.

Sie saßen im Wohnzimmer in Ledersesseln. Frau Olgensatt bot noch einmal an: Saft, Bier, Wasser... Alle schüttelten den Kopf. Der junge Herr Olgensatt, gegen Mitte vierzig, mit glänzender Halbglatze, jetzt ohne Kognakglas, stand auf und stellte Zigaretten und einen Aschenbecher auf den Glastisch. Tröger griff zu, erhielt Feuer. Natürlich, knurrte

Kötterholz in sich hinein, der läßt nichts aus. Langsam ging es ihm auf die Nerven, daß Hellbach nicht begann.

Der Alte hustete.

In einer Zimmerecke spielte ein Junge, sicher noch nicht zehn, mit Playmobilsachen.

»Du solltest den Jungen rausschicken«, sagte der Alte. Frau Olgensatt ging hin und faßte den knienden Jungen bei den Schultern, schob ihn zur Tür.

»Du kannst den Kran mitnehmen«, sagte sie.

Hellbach entschuldigte sich für den traurigen Anlaß.

»Wolfgang war ein so liebenswürdiger Mensch«, sagte Frau Olgensatt und ging zum Fenster. Die Gardinen hingen nur bis auf die Hälfte der Scheiben. Sie schaute hinaus. Kötterholz sah einen langen Garten mit weitem Rasen, der augenscheinlich bis hinunter zur Parallelstraße reichte, an der Seite Rhododendron und lichte Birken, eine Steinbank, davor Grillgerät in der rechten Ecke. Fichten vor der jenseitigen Straße. Kötterholz verkniff sich noch rechtzeitig den Satz: »Schön haben Sie's hier.«

»Wir können das alles noch gar nicht begreifen«, sagte der junge Herr Olgensatt.

»Thomas hat seinen Bruder sehr gern«, sagte Frau Olgensatt vom Fenster her.

Thomas Olgensatt nickte, nickte nochmals.

»Wir alle hatten ihn sehr sehr gern«, sagte der Alte, wollte offensichtlich den Kopf in die Hand nehmen, strich sich aber durchs Haar.

»Und Sie haben in der letzten Zeit nichts Auffälliges an ihm beobachtet?« sagte Hellbach, und man merkte seiner Stimme an, daß er meinte, nun endlich den richtigen Ton gefunden zu haben.

»Er kam nicht sehr oft her«, sagte der alte Olgensatt. »Jede Woche ein kurzes Telefonat. Das war's...« Er brach ab.

»Er kam zu allen Familienfeiern. Weihnachten war er immer hier. Dem Kind hat er...« Thomas setzte augenscheinlich zu einer Verteidigung an, aber auch er brach ab.

»Und Ihnen ist gestern abend nichts aufgefallen, Frau Olgensatt?« Kötterholz fragte. Ein bißchen zu direkt, fand er, Hellbachs Frage zu ähnlich, »daß die meinen können, uns fällt nichts ein«.

»Christiane half ihm manchmal bei seinen Konzerten«, sagte der Alte.

»Nicht sehr häufig«, sagte Frau Olgensatt. »Er spielte wunderbar. Die Leute waren immer begeistert.«

»Gott sei Dank, haben wir noch das Kind.«

Diese Bemerkung des Alten kam allzu plötzlich, und das Gespräch, wenn es denn eines war, stockte wieder. Aber doch verständlich für einen Großvater, dachte Kötterholz und murrte über sich selbst, daß ihm immer alles im nachhinein selbstverständlich erscheine.

Tröger hatte seine Zigarette ausgedrückt. Hellbach wußte augenscheinlich nicht weiter. Kötterholz rutschte auf dem Sessel.

»Nein, mir ist nichts aufgefallen«, sagte Frau Olgensatt. Was habe ihr auch auffallen sollen. Ein wirklich schöner Erfolg. Er sei so glücklich gewesen. Sie sei auch gleich nach Hause gefahren.

»Ja, es war schön, das Konzert«, sagte Kötterholz.

»Sie waren dort?« fragte Christiane Olgensatt überrascht. Kötterholz nickte.

»Also«, sagte Hellbach zu Frau Olgensatt. »Es ist Ihnen nichts aufgefallen?« Keine Kümmernis, Depression, kein bemerkenswertes Wort, etwa abschiedsbezüglich, kein Satz, der einem später bedeutungsvoll und voller Bedenken vorkomme.

»Nein, nichts.« Und sie standen wieder am Anfang.

»Er war so glücklich.« Der Türkenmarsch habe so vorzüglich, »wirklich so wunderbar« geklappt.

Kötterholz schaute auf Tröger, der sagte nichts und schien auch keine Anstalten zu machen.

Sucht wieder nach Spuren von Liebe, dachte der Detektiv. Bevor er in Gedanken von Liebe und Alter, Jugend und Immervorbei abglitt, stellte er die Frage nach Wolfgang Olgensatts alltäglichem Leben, so allgemein, so in Warstein.

»Allgemein so«, sagte er.

»Was soll man da sagen?« Sie meinte diesen Satz natürlich nicht als Frage.

»Er war nicht verheiratet?«

»Nein.«

Und ob ihm das was ausgemacht habe. Ob er denn einsam gewesen sei. So allein. Allgemein mitmenschenmäßig und so. Das könne man sich doch vorstellen. - Er habe seine Musik gehabt.

Tröger räusperte sich unauffällig. Kötterholz war einig mit ihm: auch nur so ein Spruch.

»Nein wirklich«, sagte Frau Olgensatt. Das klang wie eine Antwort oder eine Verteidigung (wessen auch immer).

»Seine Musik und seinen Chor.«

Dem Schulchor seiner Schule habe er seine ganze Freizeit gewidmet, mit ihm sei er auch aufgetreten. Nicht ohne Erfolg übrigens. Besonders bei den musischen Wochen alljährlich in Arnsberg.

Ihm sei das alles nicht so recht gewesen. Der alte Herr Olgensatt griff ein. Nicht lautstark, nicht bestimmend, wie es seinem mächtigen Kopf durchaus zuzutrauen gewesen wäre. Eher zurückhaltend, eher traurig. Alles hätte er in Neheim haben können: eine Anstellung (er, der Alte, hätte wohl dafür gesorgt), einen Chor und seine Konzerte. Er hätte im Hause wohnen können. Der linke Teil des oberen Geschosses hätte gut »sein Reich« werden können. Selbst für Frau und Kinder sei Platz. In Ruhe und Frieden und alle unter einem Dach. Aber nein, er habe ja unbedingt weg wollen.

»So weit ja nun auch wieder nicht.«

Der Alte beachtete Trögers Einwurf überhaupt nicht. Kötterholz hielt dies auch nicht für einen von Trögers Gedankenblitzen, wenn auch für bedenkenswert.

Er habe sich das eine oder andere Enkelkind gewünscht, sagte der Alte.

»Ich bin immer ein Familienoberhaupt gewesen.«

Die Familie blickte sich an. Vielleicht peinlich berührt, dachte Kötterholz, oder mit Bedacht, so zu erscheinen. Frau Olgensatt wandte sich als erste ab.

»Der Kleine ist unser ein und alles«, sagte Thomas. »Der kleine Thomas«, sagte er.

»So ist es«, sagte der Alte.

»Hatte er Geldsorgen?« fragte Hellbach.

Der Alte lachte, ein wenig zu laut in Anbetracht der Lage. Thomas schaute auf seinen Vater und lächelte; Christiane schüttelte sehr langsam den Kopf.

»Sehen Sie«, und der Alte wurde größer in seinem Sessel. »Sehen Sie, ich habe die Firma aufgebaut; FIAT; der Panda ist der reinste Renner in dieser Gegend. Die Firma läuft gut. - Ach was, sie läuft von alleine.«

Kötterholz schaute auf Thomas. Der rührte sich nicht, sondern strich sich nur über die Halbglatze, als schöbe er Haare aus der Stirn.

»Die Basis an Kapital ist gelegt, verbreitert sich von allein. Die Autos kommen und werden verkauft. Und damit hat sich's. Der Junge konnte tun und lassen, was er wollte, geldlich, meine ich. Auf seine Familie konnte er sich verlassen, nicht nur geldlich, meine ich. Ich habe ihn immer unterstützt. Hier mal ein Klavier. Da mal eine Tuba. Er war verrückt nach Instrumenten. Selbst den Tick mit dem Cembalo habe ich geduldet, habe ich finanziert, obwohl mir bis heute keiner sagen kann, welchen Zweck es hat, nach alten Plänen diese Dinger herzustellen. - Na ja, es hat ihm Spaß gemacht. Und, wie gesagt, ich habe es ihm erlaubt, ich habe es ihm ermöglicht. Er wußte, er konnte sich auf mich verlassen. - Geld war da!«

Das klang wie eine Zusammenfassung.

»Nur ein paar Kinder mehr, das wäre nicht übel gewesen. Aber über Heiraten konnte man mit ihm nicht reden. Die Firma muß weiterlaufen. Die muß überstehn. Der Name Olgensatt hat einen guten Klang.«

»Aber Vater«, sagte Christiane.

»Ich weiß«, sagte der Alte, »ihr macht das schon. Aber viel ist dabei bis jetzt nicht rumgekommen. - Ja, ja, ich bin euch ja auch dankbar.« Aber diesen Eindruck machte er nur ansatzweise.

»Wußten Sie, daß er nach Brilon wollte?« fragte Kötterholz plötzlich nachdrücklich.

Aber der Alte antwortete eigentümlich unlogisch: »Nicht mal das ist ein Grund, sich umzubringen.«

Später brachte Christiane sie an die Tür. Die Männer blieben im Wohnzimmer.

»Wir konnten Ihnen nicht behilflich sein, nicht wahr?« sagte sie.

»Wir bemühen uns weiter, Licht ins Dunkel zu bringen. Vielleicht werden wir in Warstein fündiger«, verabschiedete sich Hellbach.

Deplaziert, dachte Kötterholz.

III

Christiane

Der Weg am Südufer entlang tat ihnen gut. Sagte Kötterholz.

»Wird uns guttun.«

Links wölbte sich den Berg hinauf der Wald mit Fichten, Eichen und Buchen. Rechts lag glatt der See, vereinzelt Surfer und Segler, hart am Wasser hockten die Angler.

Sie gingen schweigend.

Sonne, Bäume und See gaben Schatten und Lichtflecke auf den Weg, der dem Ufer folgte. Sie wurden von Fahrradfahrern überholt, und Spaziergänger kamen ihnen entgegen. Sie traten von Schatten in Licht und wieder hinaus auf freie Uferstellen. Noch immer waren zuviele Menschen unterwegs. Kinder schrien, und ihnen antwortete ein breites Kohlenpottgemisch. Der Tag hielt lange an diesem Sommersamstag. Die Sonne kam ihnen schräg von vorn. Und beide hingen ihren Gedanken nach, wenn es denn solche waren. Sie bogen links in den Wald; der Weg wurde steiler und dunkler.

Die Zahl der Fußgänger war nun erträglich. Der Weg verlor sich zwischen Bäumen und Gestrüpp; das tat den Füßen wohl: Sie hatten keinen Teer mehr unter den Sohlen. Das machte ihre Schritte sanfter. Nach einer halben Stunde erreichten sie die Höhe. Den See sahen sie nicht; die Bäume hatten ihn eingehüllt. Und für lange Minuten hörten sie nichts als Wald. Die Sonne kam schräg durch die Baumstämme; das Licht wurde ocker.

»Also, ist das nun ein Fall?« fragte Kötterholz.

Tröger zuckte die Schultern und machte den Vorschlag, die Natur zu genießen.

»Wenn es dir jetzt romantisch kommt«, sagte Kötterholz, »dann verschwinden wir in die nächste Kneipe.«

»Wer macht denn hier Wochenendurlaub, stapft durch Gelände und Natur, holt sich Gegend vor die Augen und will davon nichts wissen? Wem gehen hier Mozart und Cembali durch den Kopf? Wer quasselt über romantische Säulen?«

»Tröger, du bist ein Banause.«

Sie gingen weiter und schlugen einen Bogen nach links, folgten einem geschnitzten Wegweiser, der sie zum Wildpark bringen wollte.

»Ich weiß nicht«, sagte Tröger.

Als sie die ersten Rehe hinter dem Zaun sahen, die braunen Ellipsenaugen eher langweilig fanden, blieben sie stehen, und Tröger murmelte: »Eine Familie ist eine Familie und sagt nicht alles.«

»Wieso hat der Alte Angst um seine Firma?« fragte Kötterholz.

»Hat er das?«

Sie gingen den Zaun entlang. Ein Hund spielte verrückt. Die Rehe ließ das gleichgültig. Domestiziert, waren sie an alles gewöhnt.

Vor ihnen lag ein ausgiebiges Tal, grün und sonnenbeschienen. Am ausladenden Gegenhang sahen sie ein Dorf, klein mit zwei Kirchtürmen.

Kötterholz hätte sich ein festeres Gespräch gewünscht. Ich mache ihm das Wochenende kaputt, dachte er. Jetzt mit einem Mädchen vorm Kinobesuch oder Arm in Arm oder Hand in Hand vor einem Wasserschloß oder am Kanal entlang, stattdessen mit einem Alten durch sauerländische Berge. Er machte sich tatsächlich nervöse Gedanken, wie er den Jungen begeistere, um selbst davon abzukriegen.

Sich Gesprächigkeit vorzunehmen ist ein Entschluß, der nicht durchzuführen ist, denn Unfähigkeit und Kraftanstrengung fallen zusammen, paralysieren einander und fliehen.

Lächeln müßte auch noch dabei sein. Gleichzeitig das Bewußtsein, dem anderen gehe es genauso. Das Sprechen fällt nach innen zurück und gibt sich nach außen als Schweigen. Was könnte ich antworten, wenn er was sagt? Also besser, daß er nichts sagt.

»Der Fall langweilt dich.«

»Aber nein, er geht mir dauernd durch den Kopf.«

»Ja. Eben. Nur durch den Kopf.«

Sie gingen abwärts ins Tal und erreichten die ersten Häuser des Dorfes. Verklinkerte Mauern. Vorgärten. Auffahrten. So leben die Städter auf dem Lande, wenn sie morgens in die Stadt fahren, um Arbeit zu tun, um am Abend zurückzufahren, um den Rasen zu mähen. Am großen Ausblick vor dem Haus ins Tal und auf Fichten messen sie ihre Zufriedenheit und den Verkehrswert des Anwesens. Kötterholz saß lieber im Café. Er konnte hervorragend ohne Natur auskommen. Ohne permanente Gedanken an Bäume, die sterben. Griechen, Italiener und Südfranzosen kamen ohne Bäume aus. Kahles und Bebautes sind dem Menschen gemäßer. Ach, die Gegend hier voller Touristen, die sich gegenseitig Touristen schimpfen.

Kötterholz kam von seinen großen Gedanken - die es waren, weil er sie selbst als große Gedanken dachte - er kam von seinen großen Gedanken einfach nicht runter. Und das machte ihn nervöser.

»Diese notenumblätternde schöne Frau Olgensatt«, sagte Tröger und schien ausholen zu wollen.

Aber er schwieg wieder, und sie gingen mit mehreren über die Dorfstraße. Ein Schild verriet großartig von einem zweiten Preis im Wettbewerb »Unser Dorf soll schöner werden«. Das war fünf Jahre her. Sie gingen an einem Grundstück vorbei; der Jägerzaun lag schief, und das Unkraut stand mannshoch. Kötterholz war erleichtert.

»Die müßte mehr sagen können«, fuhr Tröger fort.

»Über wen?«

»Doch wohl über den Musiker.«

»Beim Umblättern kommt man sich näher?«

»Musik tut das Herz auf.«

»Tröger!« schrie Kötterholz.

Der grinste. »Aber, Chef, du bist doch der Experte. Dir vergeht eine Autofahrt nicht in Stunden, sondern in Sonaten.«

»Tröger, und du immer mit deiner Liebe!«

»Mit meiner, Chef?«

»Unter jedem Rock ein Fall.« Tröger behielt sich bei diesem Wort orthographische Veränderungen vor.

»Falsch. Unter jedem Strick ein Toter.«

Es muß am Mist- oder Harzgeruch liegen, dachte Kötterholz, diese Hingezogenheit zu phallschen Assoziationen, aber er roch nichts. Ihm waren Kosten-Nutzen-Rechnungen lieber.

Sie nahmen den Bus nach Drüggelte zurück. Saßen im Alten Backhaus, tranken Bier und lasen den Abend lang Zeitung.

Dann konnte Kötterholz nicht schlafen. Er bildete sich ein, nicht bereits gegen elf auf ein zweimaliges Bimmeln von der Kapelle her zu warten. Er verließ das schmucke, saubere, rustikale Landhotel mit den belassenen Deckenbalken durch den Hintereingang, der nicht verschlossen war. Die Notbeleuchtung und die Stille des Hauses kamen ihm weder unheimlich noch anheimelnd vor. Draußen war es dunkel, das war die einzige Botschaft der Nacht.

Der Bauklotz stand zwölfeckig da. Die Kenntnisse über die bauhistorischen Besonderheiten waren ihm längst abhanden gekommen, stellte Kötterholz dankbar fest. Auch die näselnden Töne, der zweideutige Klang des Cembalos waren weg. Cembali auf dem Dorfe entbehrten schon gar nicht der Komik, so zwischen Stiefmütterchen und Schweinegegrunz. Es war alles still.

Du bist leicht zu erheitern, Mann, sagte sich Kötterholz.

Er bog um die siebte oder achte Ecke, der Mond kam durch. Kötterholz schaute hinauf und wäre beinahe in die schwarze Frauengestalt gestoßen.

Es war Frau Olgensatt.

So spät noch unterwegs, sagte Kötterholz nicht.

Christiane war nicht erschrocken, sagte aber kein Wort.

Dann sagte Kötterholz: »Werden Sie denn zu Hause nicht vermißt?«

»Ich hab' gesagt, ich müsse dringend an die frische Luft nach diesem Tag.«

»Wir sollten hier nicht bleiben.«

Warum eigentlich nicht?

Sie fuhren auf Neheim zu. Im dunklen Möhnetal war eine Kneipe noch erleuchtet. Sie traten ein und bestellten zwei Bier. Resopaltische und Stühle, die quietschten, wenn man sie über den gefliesten Boden rückte.

»Warum waren Sie denn noch einmal oben an der Kapelle?«

»Ach, wissen Sie«, sagte Frau Olgensatt, »nach diesem Tag.«

»Ja gut, Luftschnappen«, sagte Kötterholz, dabei wollte er gar nicht unhöflich sein.

Heute klappt es nicht mit dem Reden, dachte er.

»Ja, das auch. Aber ich mußte noch einmal hin.«

Und natürlich hatte Kötterholz nun danach zu fragen, wie sie denn zu ihm gestanden habe, zu dem jüngeren Olgensatt. Es war schon die Musik gewesen, die sie näher zusammengebracht hatte - ohne Zweifel, aber nicht näher als erlaubt - weiß Gott nicht. Ihr Mann sei ja eher unmusikalisch. Obwohl seine Bilder aus der Toscana... Aber sie könne sich nicht erinnern, daß er je ein Konzert seines Bruders besucht habe.

»Wolfgang war ja kein Solist in dem Sinne. Hatte ja seinen Beruf. Und den hat er gern gemacht. Hatte ja nicht die Zeit, all die Stücke, und manchmal wirklich die unbekanntesten, auswendig zu lernen. Er war ja angewiesen auf seine Noten.«

Und sie konnte wirklich gut Noten lesen. Damals auf der Schule schon, im Neheimer Gymnasium, wo sie sich auch kennengelernt hatten. So hatte es sich einfach ergeben, und sie blätterte seine Noten um. Das hatte ihm sehr geholfen. Auch im Studium hatten sie sich nicht aus den Augen verloren. Und sie hatte ihm gern geholfen. Sie sei ja dann für einige Zeit zur Bank gegangen. An manchen Sonntagen hatten sie geübt. Sie war nach Warstein gefahren. Später dann. Dort hatte er eine schöne große Wohnung. (»Vater kann großzügig sein, wirklich großzügig.«) Er hatte geübt, und sie hatte die Noten umgeblättert. Aber nicht allzu häufig waren sie zusammen. Aber doch ein paarmal im Monat. Ja, ja, und auch manchmal hinter dem Rücken von Thomas. Es sollte ja schließlich kein Gerede geben.

Nein, es hatte kein Gerede gegeben.

Vater lebte für seine Firma. Thomas half Vater. Aber die Musik, die MUSIK war bei Wolfgang.

Einmal habe Vater gesagt, sie solle das Kind nicht vernachlässigen. Das habe sie übertrieben gefunden. Mein Gott, die paar Stunden im Monat.

Manchmal hatte sie den kleinen Thomas mitgenommen. Er hatte dann friedlich bei Onkel Wolfgang gespielt oder Schularbeiten gemacht. Wolfgang hatte oft geholfen. Er konnte gut mit Kindern umgehen und hatte den kleinen Thomas wirklich gern, und gegen einen Besuch von Gattin und Kind beim Onkel hatte Thomas gewiß nichts gehabt.

Und nun dies.

Völlig unbegreiflich. So traurig und überraschend, so überdimensional. So überraschend, daß sie noch nicht einmal bislang die Zeit gehabt hatte zu weinen.

Er sei so fröhlich gewesen nach dem Konzert.

Und nun weinte Frau Olgensatt doch.

In den hinteren Ecken des Schankzimmers wurden die

Stühle nicht gerade diskret hochgestellt.

»Ich fahre Sie nach Hause«, sagte Frau Olgensatt. »Darf ich morgen früh bei Ihnen vorbeikommen?«

Kötterholz nickte.

*

»Frau Olgensatt war also die letzte, die mit dem Künstler gesprochen hat?« fragte Tröger am Sonntag morgen beim Frühstück, nachdem ihm Kötterholz von dem nächtlichen Gespräch in der Möhnetaler Kneipe erzählt hatte.

»So sieht es aus.«

Tröger köpfte das Ei, und der alte Detektiv verkniff sich einen Vortrag über Salmonellen und Cholesterinwerte, an die er sowieso nicht glaubte, ebensowenig wie an Vitamine, Eigelb und Eiweiß, Darmhygiene und die Schädlichkeit des Essens überhaupt. Stattdessen setzte er an zu einer Darlegung des Zusammenhangs zwischen Eiköpfen und dem Charakter des Köpfenden, der ein mieser sei. Wie zum Beweis seiner eigenen Zärtlichkeit beklopfte er das seine und hob langsam die Eierschalen vom Eikopf.

»Genau das ist der Unterschied zwischen uns«, rief er. »Sicherlich der Unterschied zwischen dem Zaudernden und dem zupackend Tatkräftigen. Halt zwischen Alter und Jugend.«

Kötterholz vertrug keine frühmorgendlichen Wahrheiten und erst recht nicht solche, die ihm keine logische Möglichkeit zur Antwort gaben.

»Gott sei Dank frühstücken wir selten gemeinsam.«

»Du hast angefangen, Chef!«

Kötterholz freute sich wie immer über diese Anrede und war versucht, die Kaffeetasse zu heben, um Tröger zuzuprosten, wie um Versäumtes vom Vorabend nachzuholen. Er sagte nichts.

»Das Cembalo steht wohl immer noch zwischen den Säulen«, sagte der Junge. »Wer sollte das eigentlich wegschaffen?«

Kötterholz sagte, daß er das sich und während der Nacht auch Frau Olgensatt gefragt habe. Die habe noch am Samstag nachmittag drei Kollegen von Wolfgang deswegen angerufen und den Abtransport auf eine Zeit verschoben, die die Polizei erlaube. Die Schule sei Trögers Abteilung. Da habe er noch einen Tag Ruhe.

»Die Dame zeigt sich kühl denkend und als Hinterbliebene mit Übersicht bei all ihrem Schmerz. Als eine Tatkräftige und Macherin, die ihre Morgeneier sicherlich köpft wie die übrigen alle, die den Tag entschlossen beginnen im Gegensatz zu älteren zaudernden Herren, die in der letzten Zeit in der Wangengegend füllig zu werden den Anschein nicht leugnen können.«

»Du bist nachtragend, Tröger«, sagte Kötterholz. Wollte noch hinzufügen: Ihr seid eben nur zehn Jahre auseinander, aber immerhin; er hatte Angst, gekränkt dazusitzen vor protzend dasitzender Jugend.

Greulich, dieses Zupacken!

»Du hast sie also in Verdacht?« fragte er dagegen.

»Wir müssen die Autopsie abwarten.«

So also packst du zu nach vollzogenem Eierverzehr, der doch gemeinhin die Tatkraft entzündet, wollte Kötterholz sagen, sagte es aber nicht, da er Frau Olgensatt suchend am Eingang stehen sah.

»Die Musengattin«, sagte Tröger, »die des Notenlesens so Kundige: Wie eiskalt mag ihr Händchen sein?«

Kötterholz hielt sich mit Kundgebungen des Lobes für Trögers Kenntnisse der internationalen Opernliteratur zurück und ging auf Frau Olgensatt zu.

Da sei sie aber früh gekommen.

»Ja, die Männer machen heute mit dem Jungen einen langen Spaziergang. Der Kleine braucht ein bißchen Spaß!« sagte Frau Olgensatt.

Nein, die beiden wüßten nicht, daß sie nach Drüggelte gefahren sei.

Nein, sie werde es ihnen auch nicht sagen, antwortete sie Tröger.

Hier, jenseits von Familientisch und -sinn, fühlte sich der Detektiv sicherer bei seinen Fragen. Ganz auf eine Person bezogen, wurden Kötterholz die Bemühungen leichter, den Ablauf zu rekonstruieren, und das war nun die nächstliegende Arbeit.

Sie solle den Abend doch schlicht einmal schildern.

Den kenne er, sagte sie, und als sie fortfuhr, der Abend sei ganz normal verlaufen, warf Tröger ein: »Das ja wohl kaum.« Kötterholz hustete energisch, und sie machte den Versuch zu einem neuen Beginn.

Sie könne sich die Darstellung des Konzertes ja ersparen, da der Detektiv anwesend gewesen sei. Nach ihrer Einschätzung, und diese sei, das könne sie wohl von sich behaupten (Blick auf Tröger), nicht unmaßgeblich, da, wie gesagt, sie häufig mit Wolfgang übe, - nach ihrer Einschätzung sei es ein wohlgelungenes Konzert gewesen. Der Detektiv (Blick auf Kötterholz) habe den Applaus ja mitangehört. Noch während der Abräumarbeiten sei ihr Schwiegervater aufgetaucht. Er sei zu einem Abendessen in der Nähe gewesen, im Alten Torhaus, um genau zu sein; er habe sie nach Hause abholen wollen, aber sie habe ja ihren eigenen Wagen dabeigehabt.

Ja, das sei selten gewesen. Eigentlich habe sie den Alten nie bei einem Konzert gesehen. Aber so ungewöhnlich sei es doch wiederum auch nicht, da er zu der Zeit praktisch nebenan gewesen sei... Er habe sich ein wenig darüber erregt, das Cembalo die Nacht über in der unverschlossenen Kirche zu lassen. Wenn alle anpackten und auch sein Fahrer... Aber das sollten am nächsten Morgen zwei Kollegen erledigen mit einem größeren Wagen.

Doch, der Vater habe sich nach dem Erfolg des Konzertes erkundigt. Sie habe sich dann verabschiedet und sei nach Hause gefahren. Dort habe sie ihn dann nicht mehr gesehen.

Thomas sei wenig später eingetroffen.

Es entstand eine Pause.

Gut, das war es also, dachte Kötterholz. Und was nun?

Tröger sog an seiner Frühstückszigarette und versuchte nicht, klug und informiert dreinzuschauen. Schließlich fragte er: »Was hielt der alte Olgensatt überhaupt von Wolfgangs Musik?«

Christiane Olgensatt schwieg, schien aber nicht unangenehm berührt.

»Nicht viel, aber er hat auch keine Ahnung.«

Woher Wolfgang sein Talent habe, sei ihr sowieso schleierhaft. Vielleicht von der Mutter. Die habe sie aber nicht kennengelernt. Früh verstorben, und Wolfgang erzähle fast nie von ihr.

Kötterholz wollte sie auf ihren Tempusfehler aufmerksam machen, ließ es aber. Ihm war mal wieder die Lust an Einwürfen und Fragen vergangen. Lieben Sie Wolfgang? hätte er endlich fragen sollen.

»Lieben Sie Wolfgang?« fragte Tröger.

Frau Olgensatt blickte durch das gegenüberliegende Fenster. Zuckte die Schultern. Wenn, dann war es gut gespielt.

»Vielleicht hätte ich sollen.« Und nach einer kleinen Pause: »Ich bin mit Thomas verheiratet.«

Kötterholz ärgerte sich. Da kommen wir nun wieder auf dasselbe Motiv, dieselbe Verhaltensweise zu sprechen, als ob es im Alltäglichen nichts anderes gäbe, sich alles von morgens bis abends um denselben Liebestrott handle. Er verlor endgültig das Interesse an dem Fall, der sowieso kein Fall war und dazu auch augenscheinlich nicht werden wollte. Außerdem, warum sollte eine Liebende ihren Geliebten ermorden? Kaum gedacht, fielen ihm gleich ein halbes Dutzend Gründe ein, dachte er sich und hatte seine kreisenden Gedanken satt. Als zu diesen nun noch das Wort »Liebeskarussell« trat, verzog er das Gesicht und provozierte fast Trögers Frage: »Is' was?«

Aber vielleicht vertuschte sie bloß ihre Täterschaft, indem sie bewußt eine Liebschaft offenließ beziehungsweise sie offen darlegte, indem sie sie so durchsichtig leugnete. Aber verdammt noch mal: Liebe deutet nicht allemal auf Mord.

»Wie war sein Leben in Warstein?« lenkte Kötterholz ab. Ihm war immer noch nicht klar, warum Christiane Olgensatt gekommen war.

Man mußte auf jeden Fall noch auf Thomas zu sprechen kommen.

»Sah es Ihr Mann eigentlich gern, daß Sie mit Wolfgang zusammen...arbeiteten?« fragte Tröger, und Kötterholz hätte schwören mögen, daß er in seinem linken Mundwinkel lächelte; die Lippenecke zuckte, obwohl er nun die Hände hob, um deutlich Kötterholz' Frage den Vortritt zu lassen.

Frau Olgensatt beachtete Trögers Einwurf gar nicht; in ihrem Gesicht ergab sich keine Veränderung. Der junge Mann schaute für Kötterholz' Begriffe allzu genau.

»Er war gerne Lehrer«, sagte sie.

Wenn dieser Hellbach nicht endlich mit seinem Autopsiebericht überkommt, sind wir unwiderruflich lächerlich. Aber noch hatten sie Wochenende. Kötterholz tat gerade so, als ob er auf einen Mordfall warte. Dabei hatte er ihn eben noch endgültig abgetan.

»Besonders der Chor«, sagte Frau Olgensatt.

»Ja, besonders der Chor ist ihm ans Herz gewachsen. Ich meine den Schulchor. Zweimal die Woche hatten sie Probe. Und das Besondere war, daß Lehrer und Schüler, also Lehrer und Schülerinnen Teilnehmer, also Teilnehmerinnen, also die Teilnehmerschaft bildeten. Sie haben sich alle so gut verstanden. So lustig sind sie alle dabei gewesen. Wolfgang war immer ganz aufgekratzt, wenn er wiederkam. Abends. Manchmal wurde es sogar später.«

Schon fragte Tröger: »Sie haben auf ihn gewartet?«

»Manchmal.«

Die ganze Atmosphäre habe Wolfgang wohlgetan. Nicht-Musiker (zwei Blicke auf die beiden Fragenden) könnten das überhaupt nicht verstehen.

»Wirklich nicht.«

»Sie gingen manchmal mit?«

»Manchmal.«

Und auf Kötterholz' Frage antwortete sie, daß oft geistliche Motetten gesungen wurden. Dreizehntes und vierzehntes Jahrhundert. Sehr schwierig.

Die Wirtin kam und bat, abräumen zu dürfen. Es war recht spät am Morgen geworden.

Es war spät, und sie saßen vor dem leeren Tisch.

Tröger schaute eher stur, nachgerade blöde geradeaus. Kötterholz versuchte, gar nichts zu tun, überhaupt nicht zu schauen, was natürlich mißlang und zu flattrigen Blicken wurde: Herbei, o ihr Hagelschläge und Herbststurmböen, ihr Weggelaufenen und Ehebrecher, ihr Tässchen Kaffee im Café!

»Habe ich Sie überzeugt, daß es kein Selbstmord war?«

Das war also ihr Grund, mit ihnen zu sprechen. Deswegen war sie hergekommen. Daher ihre Furchtlosigkeit, ihre Beziehung zu Thomas glatten Mißverständnissen auszusetzen.

»Aber«, sagte Christiane, »aber dennoch, Thomas und ich fahren oft in die Toscana oder nach Umbrien. Er malt gern.«

Kötterholz führte das Gespräch wieder auf eine gerade Linie. Es sei der Autopsiebefund abzuwarten. Frühestens morgen.

Als Christiane Olgensatt dann sagte, sie wolle sie engagieren, das mit dem Geld werde sie regeln, ob sie den Fall übernähmen, nickte Kötterholz.

IV

Warsteiner Verhörversuche

Später fragte Tröger nach Kötterholz' plötzlicher Vorliebe für Herz-Schmerz-Fälle.

»Reg' dich nicht auf, das geht zugunsten deiner Firma.«

Als sie nach draußen gingen - das Wetter war immer noch sonnig -, wiederholte Tröger seine Frage.

»Aber wir waren uns doch einig, daß da etwas faul ist«, anwortete Kötterholz.

»Und du bist sicher, daß sie nicht die Täterin ist? Schließlich war sie es, die ihn als letzte gesehen hat.«

»Du irrst. Der Alte.«

»Und Thomas?«

»Was soll mit ihm sein?«

»Wenn der kein Motiv hat!«

»Dann kann es Christiane nicht gewesen sein.«

»Ein Trick. Sie belastet ihren Mann durch Selbstbeschuldigung.«

»Und bringt aus Liebe ihren Liebhaber um. Mein Gott, Tröger! Dabei kann sie so gut Noten lesen. Und der Mann hat keine Ahnung von Musik. Der Alte ist wahrscheinlich noch nie in irgendeinem Konzert gewesen.«

»Was soll jetzt der Alte?«

»Er hat so großen Familiensinn.«

»Und deswegen bringt der Sohn sich um. Oder der Vater den Sohn?«

»Thomas war auf jeden Fall eifersüchtig.«

»Die Frau bringt den Bruder um, damit der Mann in Verdacht gerät und lebenslang hinter Gitter geht. - Tröger, du hast kein Vertrauen in unsere Justizbehörden. Außerdem war er Freitag abend gar nicht hier.«

»Wo war der eigentlich?«

»Ich werde ihn fragen müssen.«

»Noch mal in diese Familie?« fragte Tröger und schoß eine leere Bierbüchse vor sich her.

»Du übernimmst Warstein. Du störst nur die Gespräche unter Erwachsenen.«

»Er kam eben später, nach dem Konzert.«

»Da war der Alte schon da.«

»Mit Fahrer.«

»Also Familientreffen, Freitag abend in der Drüggelter Kapelle. - Meine Herren! Vermutlich war er kegeln.«

Nachdem sie sich gegenseitig versichert hatten, daß jedenfalls der Autopsiebericht abzuwarten sei, beschloß Tröger, »mal durch Warstein zu fahren, so zur Übung«, und Kötterholz, »gar nicht mehr dran zu denken«.

Am folgenden Morgen - es war fast schon Mittag, und die Wirtin mußte die beiden von draußen hereinrufen - war Hellbach am Apparat.

Als Kötterholz zurückkam, sagte er bloß: »Eine Schlagspur am Hinterkopf. Stumpfer Gegenstand. Holzstock vielleicht.«

»Oder Sturz?« fragte Tröger.

»Ja, ja«, machte Kötterholz, »vor lauter Aufregung.«

»Tritt du mal vor deinen ewigen Richter!« fand der Detektiv fehl am Platz.

*

Zehn Jahre waren es mindestens schon her, daß er eine Schule betreten hatte, durch Schülergruppen und laufende kleine Figuren gegangen war; aber in ihm kamen keine großartig befremdlichen, beklemmenden Gefühle auf. Er hatte einen Notenschnitt von knapp über Zwei gehabt. Das Abitur war bis auf Reste (heißes Wetter mit Aufregung und fragenden Lehrern, immer fragenden Lehrern, die jedes Wort aufschrieben) verschwunden.

»Einfach unfaßbar«, sagte der Schulleiter, als sie später in seinem Dienstzimmer saßen, in seiner Gästeecke an einem kleinen runden Tisch. »Für uns alle unfaßbar.« Tröger hatte nicht den Eindruck, als ob dies Situationserschütterung sei, wie es Situationskomik gibt.

»Herr Olgensatt war sehr beliebt. Und zu Recht. Zu Recht.«

Das Gespräch stockte gleich am Anfang.

»Kaffee?«

»Nein. Wirklich nicht.«

»Aber ich frage mich«, fragte sich der Schulleiter, und seine Haltung wurde zusehends strammer, »was ein Privatdetektiv mit dieser ganzen (Pause) Sache zu tun haben kann. Die sieht man doch nur abends im Fernsehn.« Der Schulleiter fuhr mit dieser kleinen Medienschelte am Rande nicht fort.

»Frau Olgensatt...« begann Tröger.

»Kollege Olgensatt war aber nicht verheiratet. Soviel ich weiß.«

»Seine Schwägerin...«

»Ach ja, seine berühmte Familie...«

»Wieso berühmt?« Tröger schaute schnell auf.

Der Schulleiter zuckte sichtlich vor dem Gedanken zurück, sich zu weit vorgewagt zu haben. Hatte er Gerüchten nachgesprochen? Es kam Stille auf. Er hatte wohl zu schnell Vertrauen gewonnen zu dem netten jungen Mann, fast Amtsperson, und sah sich nun zu plötzlich in einem Verhör; er wurde steifer in seinem Sessel. Er nahm sich offenkundig vor, nur noch kurz zu antworten.

»Nun, man ist reich und hier im nördlichen Sauerland bekannt, man tut viel Gutes und redet davon.«

»Wer redet denn?« fragte er.

»Der Alte hat das Sagen. Aber Sie haben wohl Wichtigeres zu ermitteln als den Klatsch der Tausend Berge.« - »So nennt man hier das Sauerland«, fügte er hinzu, als er Trögers

Gesicht sah, der die Anspielung nicht verstanden hatte, wollte den Detektiv wohl auch zum Ende drängen oder fragte sich mit einemmal, ob er überhaupt befugt sei zu antworten.

»Ja, so ein berühmter Chor!« Der Schulleiter hob sich aus seinem Sessel. »Er macht uns viel Freude mit seinen Konzerten.«

»Wer wird ihn nun leiten?«

Der Schulleiter zuckte die Achseln. »Aber dieses Problem hätten wir auch so gehabt. Der Kollege wollte nach den Ferien an eine Schule in Brilon.«

»Warum eigentlich?«

Tröger merkte, wie der Herr Direktor Schwung holte, um auszuweichen.

»Aus persönlichen Gründen«, sagte er dann lediglich. »Aber wenn Sie mehr wissen wollen über unseren Chor, dann sprechen Sie am besten mit unserem Herrn Mausfitt. Der ist aktives Mitglied. Rufen Sie ihn an!«

Draußen vor dem Schulhof stieß Tröger auf zwei Hinweisschilder.

Was sollte er bis zum Nachmittag tun? Wobei er schließlich nicht die Absicht hatte, den Mittagsschlaf des Sportlers Mausfitt zu stören.

Schild Nr.1: zur Bierbrauerei

Schild Nr.2: zur Bilstein-Höhle

Tröger entschied sich für die Höhle. Da hatte er am Abend wenigstens etwas, wovon er Kötterholz berichten konnte.

Er fuhr ein paar Kilometer in die Berge hinauf. Vor dem Parkplatz schaute er sich um, das heißt also in die Gegend, das heißt auf die Berge, geriet kurzfristig in die Versuchung zu zählen. Er gelangte an ein Gatter, wo zwischen Rotbuchen ein paar Wildschweine grunzten und sich suhlten, das heißt, so wild waren die auch wieder nicht.

Das Wetter hatte einen Stich ins Schwüle bekommen, und er freute sich auf die Höhle.

Als er drinnen eine junge Frau in dicken Wanderschuhen und einem dick gestrickten Pullover der fröstelnden Gruppe in T-Shirts und Polohemdchen den Unterschied zwischen Stalaktiten und Stalagmiten zu erklären versuchen hörte, hatte er sämtliche Gedanken abgelegt.

Auch Zwerg Nase und dem Elefantenrüssel schenkte er keine rechte Aufmerksamkeit, besonders nicht der Schlacht bei Waterloo. Dicht neben der Lichtgrotte geriet er auf dem rutschigen Untergrund kurz aus dem Gleichgewicht. Überhaupt, das ganze phallische Durcheinander von unten nach oben und oben nach unten machte ihm keinen großen Eindruck, auch keine unterbewußten Sehnsüchte. Der Wunsch zur Mutter war bei ihm eher mit Sauerbraten verbunden; aber wer weiß, was das zu bedeuten hatte. Wenn schon, dann lockten ihn mehr die dunklen, unerleuchteten Abzweigungen und Nebengänge; er hatte aber doch hindernden Respekt vor den »Kilometern und Kilometern im Berg«, wie das Höhlenfräulein stolz und warnend durch den Gang gerufen hatte, gleich zu Anfang der unterirdischen Exkursion. (An dieser Stelle würde Kötterholz zu einem Erklärungsvortrag ansetzen zur Darstellung des Unterschiedes zwischen Klaustrophobie und Platzangst mit vergleichendem Ansatz zur Höhen- und Höhlenangst.) Nein, auch nicht die Walpurgisnacht, die Hexen mit den langen klobigen Besen, weder die Nudelrolle, noch Papas bestes Stück, noch dieses ganze karnephallistische Treiben machten ihm Sensation, auch nicht zu sprechen vom Kölner Dom und dem hockenden Weib, von der Flüstertüte, vom Eselsohr, von der weißen, roten, gelben, grünen Grotte, von dem Sauerländer Eiffelturm.

Auch wenn all diese herausgeschauten Ähnlichkeiten von der allmächtigen Natur und einem heiligen Schöpfer durchaus harmonisch so gewollt gewesen wären.

Aber die Besichtigung der Brauerei, beschloß Tröger, war sicherlich nur aufgeschoben.

»Mausfitt, Latein und Sport«, stellte sich Mausfitt vor.

Er war kleiner, als Tröger gedachte hatte, fast gedrungen, aber drahtig und lebhaft. Gehört zum Berufsbild, dachte Tröger, konnte ihn sich bei Felgaufschwung und doppeltem Rittberger, beileibe aber nicht beim Singen vorstellen. Vielleicht war er der Platzwart des Chores.

Mausfitt bat den Detektiv in sein Einfamilenhaus (Flachdach, Terrasse, Rasenstück, Findlinge im Vorgarten zur Zierde. »Aus dem Steinbruch hier«, sagte er, als er Trögers Blick folgte.)

»Schön haben Sie's hier« mußte Tröger nun sagen.

Und er tat es.

»Der Chef hat Sie angekündigt«, sagte der Lehrer, als sie im Wohnzimmer standen (große Fensterfront, grüne, grüne, grüne Pflanzen, halbe Gardinen).

»Meine Frau ist Hobbygärtnerin«, sagte Mausfitt, der Trögers Blick und Gedanken wieder verfolgt hatte.

Wie aufs Stichwort kam Frau Mausfitt durch die Terrassentür herein und ging Kaffee kochen.

»Ja, ein Tässchen, Liebe, würde guttun«, rief er fröhlich hinter ihr her.

»War gut, daß Sie kurz durchgerufen haben, wir waren auf dem Sprung.« Auf welchem, sagte er nicht.

»Sie sind nicht von der Polizei?«

Sie setzten sich an den niedrigen Glastisch.

»Warum fragen Sie?«

»Dann muß ich ja keine Angst haben!«

»Angst, warum?«

»Als Lehrer hat man immer Angst.«

»Wovor?«

»Daß was passieren könnte.«

Mausfitt lachte ein bißchen sehr laut, tätschelte seine Kaffee auftragende Frau am Arm, die dann verschwand, wahrscheinlich im Garten. Herr Mausfitt richtete Tassen und Kanne, Milch- und Zuckerzubehör auf dem glänzenden Tisch, in den schräg die Sonne strahlte.

»Ach, der gute Olgensatt«, begann Mausfitt von der Situation zu sprechen. »Er war die Seele vom Ganzen. Wissen Sie, ich habe von Musik gar nicht so die rechte Ahnung. Hab' Schwierigkeiten beim Notenlesen. Das klappt nicht so ganz. Aber wenn man vorgesungen bekommt, dann kann ich schon mitmachen. Ich versuchte, den Baß zu halten. Ach, aber die Schüler mit ihren schönen Stimmen. Da liegt eben das Wertvolle an dem ganzen Unternehmen, das Pädagogische, das sich da ganz überflüssig macht. Singen, ich sage, Singen. Das befreit die Seele. Das klingt jetzt vielleicht zu euphorisch. Aber so war es wirklich. Zusammen singen - Lehrer und Schüler!«

»Auch wenn es manchmal schwierig war, nein, nicht einfach, nein, nicht einfach: die Musik, meine ich, die MUSIK. Haben Sie schon mal Motetten gesungen? (Tröger hatte ganz und gar nicht.) Dann wissen Sie, was ich meine.«

»Aber wir Baßtypen, wir hatten ja nicht viel zu leisten. Wir waren ja nur Hintergrund. (»Noch ein Tässchen?« Frau Mausfitt erschien und verschwand wieder.) Aber auch der Hintergrund ist wichtig. Sage ich immer. Sagte Olgensatt immer. Manchmal mußte er uns extra rannehmen, mit uns üben, meine ich. Ich gebe zu, daß wir uns oft geschämt haben, wenn das nicht so klappte. Und manches Mal haben die Mädchen auch gelacht, gebe ich zu, gebe ich zu. Aber so rein menschlich, meine ich, so reinweg menschlich. Da blieb nichts zurück, was trübte. Ich meine, so von oben herab beschämte.«

»Aber ich sag' Ihnen, es tut gut, so rein menschlich, meine ich, wenn Schüler den Lehrer mal menschlich sehen, so mit allen Schwächen. Da ist man auf gleicher Stufe. Nicht von oben herab. Man macht eben Fehler. Na und?«

»Sind überhaupt verrückte Hühner, meine ich. Die Mädchen, meine ich. Aber nett. Wirklich nett. Und Ideen haben die, Ideen, da kommt man aus dem Lachen nicht raus.«

»Wissen Sie, ich mag die Jugend. Mein Gott, die Jugend, die gibt ja so viel.«

(Tröger hatte den Eindruck, Mausfitts Stimme sei bei den letzten Sätzen singend geworden; er konnte sich aber auch täuschen.)

»Ja, ja. So habe ich den besten aller Berufe. Und Sie?« jubelte Mausfitt.

»Ich arbeite auch am Nachmittag«, sagte Tröger, und Mausfitt holte mit einemmal tief Luft. Kurz vor seinem Ausatmen hatte Tröger schon den nächsten Satz gefunden und entspannte sich langsam. Mausfitt war noch nicht ganz wieder bei Stimme.

»Wie oft trafen Sie sich?«

»Die Woche einmal.«

Mausfitt hatte seine Syntax hörbar gestrafft und schaute auf die Uhr.

»Gibt der Chor viele Konzerte?«

»Gab. Gab. Lieber Herr Tröger, gab«, fiel der Lehrer ein und trauerte merklich.

Tröger bewunderte aufrichtig diesen schnellen Wechsel in Stimmung und Mimik. Er hatte es schon immer geahnt, nun wußte er es: Lehrer sind verhinderte Schauspieler, immer auf der Bühne, die die Welt ist und nicht bedeutet, Angehörige von Thekentruppen, die die Welt bereisen zwischen Soest und Meschede, zwischen Neheim und Brilon mit heilenden und ganzheitlichen Sätzen. Sie machen das Pult zum Thespiskarren, und die krähende Stimme gehört dazu. Pädagogen auf dem Sprung, harmonisch die Welt zu erziehen, auf Deubel komm raus. Und wer nicht wollte erzogen werden, wurde nicht teilhaftig der großen umfassenden Schönheit, da die Menschen sich umfassen im sanften Widerspiel der Einigung. O diese Künstler im Rollenspiel und in der zärtlichen Dynamik berauschender Zuneigung, - wozu ohne Zweifel auch dann und wann die Zucht gehört - zum Wohle, wessen auch immer.

Trögers Gedanken gerieten immer mehr ins Pathetische, so sehr, daß er am Ende froh war, nicht zur Mannschaft derjenigen zu gehören, die die Welt zum Guten bringen - und das mindestens mit zwei Toren Unterschied.

Er bat um die Namen der Kollegen im Sangesbund.

»Sieffert. Französisch und Erziehungswissenschaften.«

Tröger stöhnte nicht auf. Wenn es drauf ankam, hatte er sich in der Gewalt.

»Grämling. Mathematik und Religion. - Aber er ist nicht so, wie er heißt.«

Mausfitt lachte.

Wenn bei dieser Untersuchung, dachte Tröger, die Dämlichkeiten so massiv andauern, werde ich um Jahre altern. Verhöre wie diese zählen die doppelte Zeit.

Mausfitt bat nun seinerseits (»meinerseits«) eine kurze Frage stellen zu dürfen.

Tröger willigte resigniert ein, indem er kaum merklich die rechte Schulter hochzog und die rechte Handfläche nach oben kehrte.

»Ja, warum denn nun, um alles in der Welt, all diese Fragen!«

Tröger zog beide Schultern hoch und drehte beide Handteller nach oben.

Zwar sei es im Grunde unbegreiflich, und Olgensatt sei ein so froher Mensch gewesen, geachtet und in sich ruhend, daß es im Grunde unbegreiflich... solch ein Ende, wirklich unbegreiflich, für alle unbegreiflich, aber Gott im Himmel, wer denn schon könne einem Menschen ins dunkle Herz blicken. Jedem schaue man nur vor die Stirn.

An dieser Stelle beschloß Tröger doch die Frage nach der Fragerei zu beantworten.

»Unser Büro ist beauftragt worden.«

Die nun folgende Nachfrage nach dem Auftraggeber beantwortete Tröger nicht.

»Mein Gott, was für ein Beruf!« rief Mausfitt aus und vermied sichtlich und im letzten Moment das Wort »Schnüffelei«.

»Mein Gott, nur weil es irgend jemand so will und nur weil er Geld...« Mausfitt unterbrach sich, um nicht wortwörtlich zu beweisen, daß er natürlich längst wußte, wer Trögers Klient war.

Der Detektiv meinte langsam in Panik zu geraten ob dieser offenbaren Seelenweltanschauung, hantierte gedanklich schon mit den Worten »Wahrheit« und »ans Licht«, weigerte sich dennoch im allerletzten Augenblick, dieser Versuchung zu weiterem Pathos und Hehrem nachzugeben, und so fiel seine Ablehnung des dritten Tässchens von Frau Mausfitt schroffer aus als beabsichtigt. Aber seine Vorbereitungen zur Flucht mußten schnell gehen: Überstürzung und Angst kamen sich ins Gehege.

Der Blick auf die Uhr.

»Himmel, so spät schon!«

Und er stand auf.

Der Handdruck von Lehrer Mausfitt war nichtsdestoweniger fest und nicht weniger sein Blick. Aber es war keine fröhliche Herzlichkeit in seinen Augen, sondern die Festigkeit eines Erziehergesichtes nach versöhnlicher Aussprache mit einem Schüler oder eines Missionars, der es ehrlich meint mit seinem getauften Häuptling, den er erwischt hatte, zum Erdgeist gebetet zu haben oder Vorbereitungen zu treffen zum köstlichen Verzehr des christlichen Gesandten.

Tröger haßte den Terror der Guten.

Mausfitt blieb im Wohnzimmer zurück. Die Frau begleitete Tröger zur Haustür, und er war sich sicher, daß ihrem Satz: »Kommen Sie doch mal wieder vorbei!« ein klärendes Gespräch in der Küche folgte, wo Mausfitt selbstverständlich beim sofortigen Abwasch der Tässchen half.

Schon aus beruflichen Gründen führte auch Kollege Grämling Göttliches im Schilde, obwohl - Du sollst den Namen des HErrn, deines Gottes, nicht mißbrauchen - entsprechende Ausrufe völlig fehlten. Zumal Herr Grämling augenscheinlich ein verbal eher zurückhaltender Mensch war. So schien es.

Auch er war - eigenen Angaben nach - tief betroffen.

Äußerlich wäre er sehr viel eher als Sportler durchgegangen; auf einen Blick: jung, aufgeschlossen, ein Beau, dem dies nicht aufzufallen schien. Oder aber einer, der ständig dabei war zu zeigen, wie wenig er sich bewußt sei, daß er ein alert-dynamischer Gottesmann war, sehr interessiert, Nase im Wind, allem Menschlichen gegenüber wohlgesonnen, wie er sagte, des öfteren sagte; wie man überhaupt alles, was man über ihn wußte, von ihm selbst erfahren konnte. Aber manchmal - aber ach, allzu oft, all zu oft gehe der HErr (»oder dies wesentliche Prinzip, das wir den HErrn zu nennen wagen«) eigentümliche, nicht zu erklärende, menschlich nicht zu erklärende Wege, »die wir hinnehmen müssen«, so schwer es auch falle.

Grämling nahm nach einer Pause wieder den geraden Blick auf die Wirklichkeit. Es sei einfach unfaßbar, ja undenkbar, daß Olgensatt Selbstmord (»Selbstentleibung«)habe begehen können. Zwar sei er kein Kirchgänger gewesen, dies zu bewerten sei nicht seine, nicht Grämlings Aufgabe und Ansinnen, aber mit Sicherheit sei er jemand gewesen, den gläubig zu nennen man das wahre Bedürfnis habe.

Grämling wurde zunehmend lebhafter, und Tröger fiel das Wort »Herzensangelegenheit« ein, das von Grämling unstreitig als zu gefühlsselig zurückgewiesen worden wäre.

Es war früher Abend geworden, und der Tag hatte sich geneigt; Grämling bot ein Fläschchen Bier an. »Von unserer bekannten Hausmarke«, lächelte er.

Er wisse nicht, ob Tröger es fühle, setzte er wieder an, als dieser das Fläschchen in der Hand hielt und Grämling zögerte, mit dem Öffner überzukommen. Ob er fühle, was er meine.

Endlich die Flasche offen und das Bier im Glas, fühlte Tröger und ließ sich völlig in die Situation hineinnehmen. Diese unsteife Atmosphäre, frei von jedem Getue mit Kaffeetasse und Kaffeesahne, tat ihm gut. Grämlings Ausgewogenheit zwischen Agilität und Zurücknahme seiner selbst gefiel ihm an diesem Gesprächspartner.

Und Tröger war sich nun nach zwei tiefen Abendschlucken endgültig sicher, daß es kein Selbstmord gewesen sein könne, außerdem Autopsiebefund: Beule.

Was aber war es dann?

»Was aber war es dann?« fragte Tröger.

Aber Grämling war vorerst noch vollauf und lebhaft beschäftigt mit der einfachen Ablehnung der Selbstmordtheorie aus dem Gefühl heraus.

»Was aber dann?« wiederholte Tröger, der sich doch langsam überfordert fühltc.

Ja. Was dann?

Sie schwiegen eine längere Weile. Dann ruckte es in dem Mitchoristen, und leise fragte er: »Wissen Sie, wer's war?«

Tröger schüttelte den Kopf.

»Nun, es ist nicht an uns zu richten«, sagte Grämling, und Tröger dachte schon, daß damit das Gespräch zu Ende sei. Wer gebe uns schon, dem Menschen allgemein, meine er, die Kraft der Unterscheidung von Gut und Böse. Wer schon werfe den ersten Stein oder gar den zweiten. Wer maße sich an... Wer mache den Kläger... Müsse man nicht das Geheimnis in seinem Recht belassen... Habe der Tod nicht sein Recht auf Geheimnis...

»Ach, auch ich bin nur gebrochen rational«, klagte mit einemmal Grämling (Mathematik und Religion).

»Warum singen Sie?« fragte Tröger

Grämling stutzte.

Lachte dann: »Weil's Spaß macht!«

»Hat's Ihnen im Chor gefallen?«

»Amüsant war's.«

Diese plötzlichen Kurzrepliken verwirrten Tröger.

»Aber doch auch pädagogisch wertvoll.«

Nun schien Grämling verwundert.

»Ich meine, wegen des erzieherisch nicht zu unterschätzenden Zusammenseins von Schülern und Lehrern.«

»Da haben Sie sicherlich recht«, sagte Grämling. »Wir haben dann und wann ausführlich darüber geredet. Thematisierungen dieser Art gehören zum Beruf und bringen weiter.«

»Warum wollte Olgensatt überhaupt nach Brilon?«

»Wolfgang wollte sich wohl verändern.«

»Was hätte sich an Veränderung denn ergeben?«

»Vielleicht hätte er einen neuen Chor aufgebaut.«

»Warum? Mochte er den alten nicht mehr?«

Grämling schaukelte den Kopf. »Manche mochten den Abend nach den Proben lieber«

»Wieso?«

»Nun ja.«

»Nun ja?«

»Nun ja. Man kam sich immer näher.«

»Sehr nahe?« Und ob das nicht der Sinn der Übung gewesen sei.

Er wisse nicht, was der Detektiv unter »nahe« verstehe.

Tröger sagte, daß es ihm noch nicht richtig klar geworden sei, was denn Olgensatt so gestört habe.

Grämling: »Mir auch nicht. Auf jeden Fall war Wolfgang nicht mehr sehr an öffentlichen Auftritten interessiert. Er machte das lieber noch allein, mit seinem Cembalo. Zusammen mit seiner Schwägerin. Sie war nun auch öfter bei den Chorproben dabei. Manche störte das. Ihn störte so manches. Der Probeneifer ließ nach.«

Ob er ein Beispiel geben könne.

»Das mit den Fotos auf jeden Fall.«

»Welche Fotos?«

Die man eben so mache beim geselligen Beisammensein. Die man sich dann zeige. Die dann von Hand zu Hand gingen. Grämling machte den Eindruck eines Menschen, der nun endgültig nichts mehr zuviel sagen will.

Tröger hakte nach: »Man kam sich also, pädagogisch wertvoll, immer näher?«

Er hatte wirklich keinen Witz machen wollen. Er hatte nicht angespielt. Auf was denn auch? Aber Grämlings Wut überraschte ihn.

Grämling war aufgesprungen, und Tröger wagte es nicht, sein Glas Bier auszutrinken, stand ebenfalls auf. Inzwischen hatte der Lehrer tief Luft geholt und zur Tür gewiesen.

Dabei sei es ein so reizendes Gespräch gewesen, sagte Tröger zu Kötterholz später am Abend. Der fragte, ob es sicher sei, daß er sich nicht habe einlullen lassen. Tröger stellte die Frage nach seiner Professionalität und ob Kötterholz an der etwa zweifle. Tröger schlug mit der Hand auf: »Warum ist der Kerl so wütend geworden?«

»Du hast ihn verletzt. Seine Ehre verletzt. Seine Erzieherehre.«

Tröger beruhigte sich. »Aber die Erwähnung von Fotos ist ja nun bestimmt reichlich komisch.«

Kötterholz gab das zu.

»Geh ins Bett, Junge!« sagte er. »Lies ein gutes Buch mit guten Fotos.«

Er habe da ein Merian-Heft über die Toscana. Garantiert ohne nackte Frauen.

Kötterholz hatte nur einen Witz machen wollen. Hatte nur ein bißchen angespielt. Aber Trögers Wut überraschte ihn doch, sein Geschrei darüber, daß er doch endlich seinen Mund halten solle und überhaupt seine ewige Besserwisserei, als er aufstand und auf sein Zimmer ging.

V

Sabine. Die Fotos

»Also, wie ist das mit den Fotos?« fragte Tröger Sieffert gerade heraus, kaum hatte der hinter ihnen die Haustür geschlossen. Und so aggressiv, wie die Frage klang, sollte sie verdammt noch mal auch sein.

Sieffert machte einen gedrückten, ausgesprochen ängstlichen Eindruck (Hatten wohl miteinander telefoniert, die Herren Studienräte oder Ober-!), auch wenn er ein leises, aber deutliches »Merde!« (Französisch und Erziehungswissenschaft) zwischen Vorder- und Backenzähnen zerquetscht hatte, als Tröger sich an der Tür vorstellte.

Ein Tässchen Kaffee? - Ja, natürlich! - etc.

»Welche Fotos?« brachte Herr Sieffert heraus, als auch er ein wenig von der Dosenmilch nahm.

»Die vom pädagogischen Näherkommen«.

Stellen Sie sich nicht dümmer, als Sie sind! zischte Tröger nicht, benahm sich aber so, indem er ganz aufrecht auf dem Sofa saß, nicht aber auf der äußersten vorderen Kante, sondern selbstbewußt oder gespielt den ganzen Platz einnahm.

Daß er es satt habe, sagte Tröger, mit diesem Gesangverein, und war sich durchaus bewußt, daß er Kötterholzsches Vokabular gebrauchte.

Er verstehe absolut nicht, wovon er spreche, wagte Sieffert einzuwenden. Was er denn meine, verflixt und zugenäht, gar ein Flüchlein sich zutrauend.

Tröger lehnte sich ins Sofa zurück, jedoch weit davon entfernt, irgendwelche Befriedigung irgendwo zu fühlen. Er schwieg. Sieffert redete von Olgensatt: wie schrecklich und wie unbegreiflich etc. wie unbegreiflich und gar nicht zu verstehen etc. und alles sei so lustig, einvernehmlich, harmonisch etc. gewesen und die Musik, die MUSIK etc. wer sich die erkieset etc. und Lehrer und Schüler etc. und alles so pädagogisch wertvoll etc. dieses Gemeinschaftsgefühl an der Singetafel...

Nach Angst und anfänglichem Stottern und Suchen kam Sieffert langsam in Fahrt, bekam sozial-individual-pädagogisch-psychologisches Wasser auf seine Klappermühle, was keineswegs in Trögers Sinne lag: Der labert dich voll! *Er* war fürs Fragen zuständig!

»Wie war das also mit den Fotos?«

Und dabei sei es doch selbstverständlich, daß man von frohen Festen und Singekreisen ein paar Fotos mache. Er, Sieffert, wisse gar nicht, was man für ein Gewese darum... Fotos, die man beim schönen Zusammensein mache und sich später zeige bei schönem Zusammensein und munterem Tun. - »Sie sind eben kein Erzieher!« Das sollte endgültig klingen, tat es aber nicht.

Darauf fiel Tröger dennoch nicht mal in Gedanken etwas ein.

Ob er denn mal ein paar von den Fotos sehen könne.

Aber sicher.

Sieffert ging an seinen Einbauschrank (eiche-, nuß-, kirsche-, wie auch immer -furniert), klappte eine Einbautür (eiche-, nuß-, kirsche-, wie auch immer -furniert) nieder, hinter der Tröger einen Diaprojektor und Diakästen zu entdecken glaubte, und holte ein Album hervor.

Fröhliche Gesichter.

Rund um einen Tisch, Gläser erhebend, sich zuprostend und lachend.

Da rechts Olgensatt, lachend (»Und der konnte lachen, sage ich Ihnen!«).

Mausfitt und Grämling mit aufgerissenen Mündern, augenscheinlich gröhlend, nicht mehr ganz nüchtern gar (?) »Da hinten bin ich!« Sabine, Klaus, Gudrun, Mareike, Sandra,

Elfi, Markus, Martina, Gisela, Marie, Lucia, Anna, Sabrina, Antonia - lachend.

Oder alle in Dreierreihe, die Münder geöffnet, offenbar singend und den Tönen hingegeben, heiter jedoch, heiter, Olgensatt vor ihnen, Arme und Hände ausgestreckt, die Finger feingliedrig und strukturstark, Luft und Töne zugleich sendend und aufnehmend, streichelnd und formend. Die Augen hatte er geschlossen. Die Herren in Schwarz, die Damen in schwarzen Röcken und weißen geschlossenen Blusen. Hingegeben. Heiter.

»Ein Konzert in Soest«, sagte Sieffert.

Tröger nickte. »Sehr harmonisch«, sagte er.

»Sag' ich doch«, sagte Sieffert.

Es klingelte an der Tür. Sieffert stand auf und nahm einen herzglücklichen Blick mit. Es ging die Tür.

»Na, mein herzallerliebstes Lehrerchen, hier naht deine reizvolle pädagogische Aufgabe, turbogeiles Körperchen. Ich hab' die Fotos mit.«

So pädagogisch wertvoll hatte Tröger sich erzieherisches Schaffen nun doch nicht vorgestellt. Eine solche pädagogische Zurückstellung von Lehrerautorität und Darstellung harmonischen Gleichklangs hatte er nicht erwartet, obwohl nun nichts als Schweigen zu ihm ins Wohnzimmer drang; kein Glucksen, kein Wispern.

Aber vorläufig zeigte man sich auch nicht. Alles blieb still. Tröger hatte nicht übel Lust, um den Türpfosten herum in den Korridor zu lugen. Aber er blieb sitzen. Die Situation war bizarr genug. Er hielt sich weiter vertieft in sein Album.

Herein trat ein blondes Superwesen.

Sie hatte ihr Lachen mitgebracht und wirbelte ihr Haar ein paarmal um den Kopf. Gerade Beine, lang, und kleine Hüften. Schwarze Lackschuhe mit Silberschnallen. Die Leggings waren farbenfroh und natürlich eng. Auf schöner, nicht übertriebener Rundung, auf weißem T-Shirt stand: Liebe macht nicht dick. In Englisch.

»Das ist Sabine«, sagte Sieffert. »Sie kommt öfter mal so vorbei.«

Tröger, noch mitten im Schauen, sagte vorerst nichts, stand auf, stand da, reichte dem Mädchenbild aus Sonne und Lachen und hellem Haar die Hand und hätte seinen CD-Player gegeben für einen tierisch coolen Spruch.

»Hi!« sagte er nach langer Weile.

»Hi! Wenn ich störe, macht nichts!«

So einen Spruch zum Beispiel hätte er dringend gebraucht.

Nun war Tröger zunächst einmal damit beschäftigt, sein Outfit gedanklich der neuen Situation anzupassen. Er hätte sich ohrfeigen können, nicht seine Jeans anzuhaben. Er zwang sich, nicht an seine Bügelfalte zu greifen, die Gott sei Dank ein wenig derangiert war. Aber der Drang wurde immer stärker. Wenigstens trug er keinen Schlips, und sein Hemd war glücklicherweise asymmetrisch gemustert. Dabei hatte er voll die guten Turnschuhe. Nikes hätten jetzt gepaßt und ein elastischer Sprung an den Korb.

Er saß auf dem äußersten Rand des Sofas.

»Ich hole nur mal den O-Saft!« rief Sieffert.

Meine Herren! dachte Tröger und hatte auch sein Vokabular noch nicht auf den neuesten Stand gebracht. Nebenbei verfluchte er seinen Lebenslauf, der ihn tagaus tagein mit angeknacksten Herren mittleren Alters und eifersüchtigen Ehefrauen mit faltigen Hälsen zusammenbrachte und ihm so zu lebenswichtigen Erfahrungen keinen Platz ließ.

Meine Herren! Dieser Hintern!: Sabine setzte sich eben in den Sessel rechts neben ihm.

Weitere Beschaulichkeiten gingen unter in Trögers zeitweiligen Artikulationshemmungen. Er wußte genau, daß er seine Augen zu verstecken suchte, wußte genau, daß er genau so aussah wie einer, der seine Augen versteckte. Und Sabine sah mit wachen Augen, wie er verschüchtert ein Versteck für seine Augen suchte, - vergeblich.

So überraschend beim ollen Sieffert Blickmaterial liefern zu können brachte Sabine augenblicklich in Pose. Keck! dachte Tröger. Sie begab sich auf den äußersten Rand des Sessels, bog die Ellenbogen zurück, setzte die Füße schräg nach hinten (ein Stuhl wäre für diese erotischen Stretchübungen wesentlich vorteilhafter gewesen: Sabine sah sich um; aber das Wohnzimmer war allzu bequem eingerichtet), schob den Kopf nach hinten und wußte, wie verführerisch ihr Haar fiel, und wie von ungefähr stand ihre Brustrundung skulpturenhaft im Raum, so daß Tröger expressis verbis vor die glubschenden, gar nicht mehr versteckten und verschatteten Augen geführt wurde, daß Liebe tatsächlich nicht dick mache.

Für Sabine schien das der Lebensgrundsatz, das Lebensmittelprinzip zu sein, denn sie besaß die ideale Figur schlechthin. Die Brustlinien übernahmen die Buchten von Hals und Schultern fast beseligend und aber deutlich; es gab nichts zu verstecken, die Strukturen lagen klar. Die Seitenlinie wölbte sich nur leicht, aber entschieden zur Hüfte hin und ging dann über in endlos schlankes, wellendes Gebein.

Sabine lächelte.

Nahm die Hände hoch, hielt ihr Haar, ließ es durch zartgliedrige Finger gleiten, nahm sekundenlang die berauschende Stellung einer buddhistischen Tempeltänzerin an (»anbetungswürdig«), dann wieder, die Finger leicht bewegend, die Struktur von Olgensatts Armhaltung bei einer abendländischen Motette.

Leider kam Sieffert mit dem O-Saft.

Kaum entfaltete sich ein Gespräch, das sich mit wenigen Worten und Lauten begnügte: danke, o danke, aber bitte, vielen Dank, zu liebenswürdig, a, a, a, i, i a, i, ü.

Die Jugend rekelte sich in der ihr eigenen, von niemandem zu teilenden Luft, die Jugend, die Jugend, von der in seinem einunddreißigsten Lebensjahr Tröger sich strikt weigerte Abschied zu nehmen.

Wenn er doch bloß die geilen Nikes angehabt hätte und sein farblich gar raffiniertes Sweat-Shirt mit dem Frankfurter Messeturm drauf, ragend in eine blaue Nacht voller Diesseitigkeit.

Natürlich rutschte Tröger auf dem Sofa nach rechts. Mit Instinkt oder der sonnenklar scharfen Überlegung, Sieffert sei auf jeden Fall zu hindern, daß er sich auf die äußerste rechte Sofaecke setze, also zwischen sie - der Lustmolch! Und das mit sicher fast fünfzig!

»Sie wollen die Fotos sehen?« fragte Sabine, und sie mischte ihrem teeny-Sopran ein wenig tierische Rauheit hinzu, von der man sich erstmal einige Sekunden, unendliche Sekunden, erholen mußte. Sabine war dies offensichtlich bekannt, denn sie wartete, wie sie anscheinend zu warten pflegte, einige Sekunden: »Oder Sie wollen nicht?«, hierbei schien sie nicht im mindesten zu beachten (War es Bosheit? freute sich Tröger vor), daß es Sieffert nur mit verzweifelter Geschicklichkeit gelang, die O-Saft-Flasche vor der Glasplatte des kniehohen Tisches zu retten.

»Ach, das hat Zeit«, schwärmte Tröger, seine Stimme voll hingehuschter Männlichkeit. Und Sabine begann von neuem mit ihren ätherischen Turnübungen.

Sieffert hustete.

Sabine sagte: »Hast du dir was gefangen?«

»Nein,«, sagte der und sah gottergeben aus.

Sabine forderte die Chips, und Sieffert war schon längst auf dem Weg; Sabine hatte die Tempelpose. Tröger war leicht nach vorn gefallen.

Das Knacken der Kartoffelchips (o diese weißen Zähne!) tat der - wie soll man das nennen? -Lage erst recht keinen Abbruch.

Trögers Kinn näherte sich bedenklich unseriös seinen Knien. Jetzt die weiß-rote Radler-Hose!

Sabine hantierte weiter in der Luft.

Jetzt die weißen Boxer-Shorts! - OH! Jetzt die nicht mehr! O jetzt! Das Spiel des Lebens und der süßen Niederlage, das Wesen mit den beiden Rücken und den vielen Beinen!

Tröger kam ins Trudeln, nahm sich zusammen, so daß sein stilles, stilles Zusammensinken, durch kein hysterisches Zucken gestört, griechisch-tragische Größe annahm.

»Ja, denn man Prost!« rief Sieffert, aber leise.

Sabine knackte Chips.

»Hast du Erdnußbutter?« fragte sie Sieffert. Wider Erwarten verneinte der. Aber Sabine schien ganz und gar nicht enttäuscht zu sein. - Ein vernünftiges Mädchen zudem, dachte Tröger.

Ohne Übergang überreichte Sabine Tröger ein Fotokuvert. Sieffert machte ruckende Bewegungen, gab vor, doch mal nach Erdnußbutter zu gucken... Tröger hörte ihn nicht wiederkommen, und von Erdnußbutter war auch nicht mehr die Rede, soweit er sich später bei seelischer Aufarbeitungsarbeit erinnern konnte. Er hatte einige Fotos herausgezogen und sofort begriffen, warum Olgensatt sich hatte nach Brilon versetzen lassen wollen. Begriff mit einem Schlag, warum der Gesangverein ein so überaus lebensfrohes, lustiges und harmonisches (aber dann wiederum auch nicht) Unternehmen war, obwohl von musikalischen Divertimenti nicht die Rede sein konnte. Die waren eher von anderer Art.

Dies Geknuddel aus menschlichen Körpern, dies Menschengemansch, dessen Köpfe Tröger teilweise bekannt waren, dessen übrigen Teile dagegen nur in bekleidetem Zustand, machte einen nun gar nicht vulgären Eindruck, sondern zeugte durchaus von künstlerischem Gestaltungswillen. Insbesondere die Lichtverteilung, Lichtstruktur kam dem entgegen, was Tröger unter Kunst zu verstehen bereit war.

Bei näherem Hinsehen konnte er Wolfgang Olgensatts Entschluß, die Wirkungsstätte zu wechseln, beileibe nicht mehr verstehen, zumal er eine Olgensattsche Glatze oder einen Olgensattschen Bart, von der Brille ganz zu schweigen, auf keinem der Bilder auszumachen vermochte.

»Hübsch«, sagte er und wunderte sich, Sieffert wieder an seinem Platz zu sehen. Offenbar hatten sich seine Sinne zu sehr aufs Bildnerische fokussiert, als daß ihn Figurenkonstellationen im gerade gelebten Raum hätten ablenken können.

»Nich?« sagte Sabine.

Erdnußbutter stand keine auf dem Tisch.

Tröger schaute sich um, streckte sich, holte Luft, und langsam setzte sich sein Enthüllungs-Handwerkszeug in Bewegung: Aufwachen! Menschenskind!

»Olgensatt kann ich hier gar nicht finden«, sagte er und schaute von Sieffert zu Sabine und zurück.

Alle taten mit einemmal, aber nur kurzzeitig, so, als ob der Detektiv eine sauerländische Wanderkarte oder ein Großformat von Siefferts Silberner Hochzeit auf den Knien hätte.

»Beknackt, nich?« sagte Sabine. »Dabei sah er tierisch gut aus.«

Sie hatte ihre erotische Gymnastik unterbrochen und beugte sich tief nach links zu Tröger.

»Und alles so harmonisch«, sagte Sieffert, wiederum zu leise.

Tröger, nun wieder einigermaßen in eigener Hand, Sabines Attacke und Näherungsbedürfnis aber auch nicht ausweichend, fragte nach dem Verwendungszweck dieser Licht- und Liebesporträts.

Es ergab sich eine kleine Pause, in der Tröger abschließend seine einzelnen Sinne und Fertigkeiten überprüfen konnte.

Das sei so eine Art Werbemappe, so eine Art Bauchladen, worin die Touristen stöbern könnten nach Lust und Laune.

So wie etwa Kunststudenten eine Mappe anlegten, um sich zu bewerben.

»So machen Sie Reklame für Ihre Konzerte?« fragte Tröger.

Sabine schlug auf den Tisch, hob die Füße an, schaukelte im Sessel und behauptete: »Der Typ will mich krank machen. Sieffert, Graumaus, lach' ihm was vor!«

Da dieser nichts dergleichen im Schilde führte, lehnte Tröger sich im Sofa zurück, wartete auf weitere Erklärungen, durchaus nicht ungeduldig.

»Schau mal«, begann die Schülerin, schätzungsweise Jahrgangsstufe dreizehn, ganz gemächlich, nun endgültig von der gedanklichen Unbeweglichkeit des Detektivs überzeugt. »Schau mal, die Touristen hier im Sauerland, hier am Möhnesee, die wollen doch einen fröhlichen Urlaub verleben, gar nicht mal einen Abenteuertrip, aber sie wollen doch Erlebnisse mit nach Hause tragen. Zum Beispiel wollen sie herumgeführt werden, also am See oder, um sich kulturell aufzuladen, in Kirchen und Kapellen...«

»Drüggelte etwa.« Tröger war nun unwiderruflich auf der Spur, hatte reale Ahnungen, die er selbstverständlich nicht aussprach.

»Drüggelte etwa«, wiederholte Sabine. »Oder ein Gang durch Soest. Shopping auf der Brüderstraße.«

»Also auch was für Frauen?«

»Weniger«, antwortete Sabine. »Kaffee, Kuchen und Eis sind nicht so vorgesehen.«

Was für ein Frauenbild! dachte Tröger. Warum müssen Frauen immer die Vorurteile bestätigen, die frau hat? Dabei geraten ja selbst Syntax und Semantik durcheinander.

»Ein Gang durch die Höhle. Ein Gang durch die Brauerei. Das schon eher.«

Sabine war nicht mehr zu stoppen. »Was meinst du wohl, wie die Touristen sich freuen! Die Kumpels gehen wie auf

Wolken. Die Holländer schlagen Purzelbäume.« An dieser Stelle versagte Trögers Vorstellungskraft.

»Sauerländer Hostessen! Ist das nicht obercool, alter Junge?« setzte Sabine eins drauf und wandte sich Sieffert zu. Dem war sichtlich unwohl.

»Na ja«, sagte er, »das sind so Gedankenspiele der Mädchen.«

»Olgensatt wollte auch mitmachen?« fragte Tröger.

»Das war das Problem«, sagte Sabine, ein wenig schafsgesichtig und bekümmert.

»Wir wollten doch alle nicht«, beeilte sich Sieffert, traurig offenbar bei dem Gedanken, wie weit ihn die Pädagogik, die Hinwendung zur Jugend doch gebracht hatten. In diesem Beruf konnte man nicht in Ehren alt werden. Dauernd wurde Jugendherberge gespielt oder Sankt Pauli mit Rotlicht und Sekt.

Den Namen, den sich die Damen der sauerländischen Touristenbetreuung gegeben hatten, fand Sabine turbogeil: Club der Gnadenmutter von Werl.

Hatte sich Olgensatt aus Scham erhängt, nachdem er sich selbst todtraurig einen über den Schädel gezogen hatte?

»Manchmal war Wolfgang ein wenig muffig. Aber nun ist das Problem ja gelöst.«

»Sabine!« schrie Sieffert. Die wirbelte ihre Haare. Bemerkte sie nicht die nachfolgende bedrohliche Stille?

Der arme Sieffert wußte nun wirklich nicht mehr, wo er seine Blicke, Arme und Beine lassen sollte. Tröger hatte seine rechte Hand an der Backe, seine linke wie zur Verteidigung auf den Hosenschlitz gelegt.

Sabine rief: »Ihr braucht wohl kein Geld, was?« Unter dem Wechsel von gespannter Agilität und Mucksigkeit hatte ihre Schönheit gelitten.

»Und warum der Name?« fragte Tröger.

»Ist das etwa keine schöne Frau? So lächelnd und nicht lächelnd und die roten Bäckchen. Ein bißchen alt...«

»Dreizehntes Jahrhundert«, warf Sieffert ein.

»Na und?« gab Sabine zurück. »Die Bewegung braucht Vorbilder. Und wenn wir uns die alleinerziehende Mutter von der Kirche ausleihen müssen!« Diese Bibelexegese war gewagt. Aber im Sauerland darf selbst der sexuelle Ausbruch nicht heidnisch sein. Tröger gab zu bedenken, daß die Hostessenbeschäftigungwohl kaum in die Reihe der emanzipierten Tätigkeiten gehöre.

»Im Gegenteil! Im Gegenteil!« tönte Sabine. »Das ist genau richtig. Voll die Härte!«

Sabine in Erregung. Tröger mit gespannten, nun wieder lahmgelegten Sinnen. Diese spielerische Wut und Begeisterung! Nicht weiter gedacht, aber ganz auf den Gedanken fixiert. Und die Augen: stier und stur und schön. Diese Augen!

Der Mann sei mit seinen eigenen Waffen zu schlagen. Am Pimmel zu packen und hopp. Und Gummis hätten sie sowieso immer dabei. Da müsse man sich keine Sorgen... bestimmt nicht...

»Männer sind Hänger. Väter sind Täter.«

»Achtung, Sabine, der Reim!« Sieffert lächelte. Er versuchte milde, die Sätze in das Bild der jugendlichen Torheiten, des jugendlichen Irrseins zu rahmen.

Beim letzten Stadtfest hätten sie eine jungenfreie Zone ausgewiesen. Das sei eine Freude gewesen. Und die Französischkurse an der Schule seien fast schon total jungenfrei. »Das Land gehört uns!«

Dieser Sieg faszinierte Tröger. Die armen Frauen endlich in ihrer Position. Matriarchat und endlich ein beseligendes Ausruhn an der Brust der Siegerinnen. Mit ihnen Endzeitchoräle singen auf absterbendem Stamm - ja, auch auf diesen verzichten! Todessehnsucht wischte über Trögers Lider. O die warme Weisheit des Besiegten. Die Ruhe nach Kampf und Kopulation. Ausruhn. Ausruhn. Nein, er konnte nichts Schlimmes erkennen an dieser kuhwarmen Machtergreifung.

Sabine ganz im Triumph. Und dann in großes Gelächter ausbrechend. Ah, die sanfte Revolution, dachte Tröger. Wir sind das Volk. Vereinigung nicht nur der Herzen. Echt stark! dachte Tröger.

Nach einer Weile hatte er sich wieder soweit, daß ihm sein Berufsbild vor Augen zurückkam. *Er* hatte Fragen zu stellen. Sabine gab zu, daß die anderen noch nicht soweit seien. »Aber das kommt schon. Das kommt.«

Und Olgensatt?

Ja. Der habe schon ein bißchen Nachhilfe nötig gehabt. Der sei noch in alten Fängen gefangen gewesen. Sie sage nur: Motetten und Frau Olgensatt. Nicht gerade der Überhit. - Was mit den Fotos zu geschehen habe, müsse das Plenum entscheiden. »Das wird noch heavy!«

Und die wahre Begeisterung - Sabine schaute auf die Männer - habe sie ja hier nun auch nicht gefunden. Daß ihr Blick auf ihm verweilte, traf Tröger. Aber insgeheim gab er sich seine Reserviertheit zu (von Sieffert ganz zu schweigen, der ziemlich belämmert da saß).

Pause.

In diesem Augenblick konnte er nun wirklich nicht nach ihrer Telefonnummer fragen. Da hätte er wahrlich so ausgesehen, als sei er ein Mann.

Ob sie denn nicht ein horchendes Plätzchen auf ihrer Vollversammlung freihätten; einen kurzen Moment hatte Tröger Angst vor Siefferts literarischen Ansprüchen. Doch dann hörte er Sabines Stimme und Lachen.

»Na klaro. Ich rufe dich an.«

Und dieses Lachen begleitete ihn aus dem Haus, auf die Straße, ins Auto und über die Landstraßen nach Drüggelte zurück.

»Du hast 'ne Macke!«

»Du bist Detektiv und nicht Supervisor dieses Gesangvereins.«

Kötterholz war ernsthaft böse. Dabei hatte ihm Tröger wirklich keine Eifersucht zugetraut.

»Eifersucht? Du hast 'ne Macke!«

»Du kannst ja mitkommen.«

»Werd' mich hüten.«

»Wovor?«

Tröger wurde aufsässig. Waren die verkalkten Triebstrukturen dieses Alten etwa seine Sache? Die Gnadenmutter von Werl bewahre uns vor knütterigen Männern!

»Also, du meinst, Sabine liebt Olgensatt und hängt Geliebten auf. Dann hätten wir mittlerweile zwei Konkubinen. Eine musikalisch. Eine körperlich. Oder Sabine haßt Geliebte, sprich Frau Olgensatt, und hängt aus Rache beider Geliebten auf. - Treibt sie Sport? Ist sie eine durchtrainierte Starke? Ich meine der Kräfte wegen, des Aufhängens wegen ohne Hilfe. Und wenn doch mit Hilfe, wer kommt dann in Frage?«

Tröger schwieg, wollte schweigen, den Verbockten machen, aber er mußte die Sache klären. Sabine die Täterin? Hatte er das etwa gesagt? Der spinnt, der betagte Junge!

»Frau plus gute Figur plus Liebe/Eifersucht gleich Fall gelöst.« Kötterholz lachte allzu heftig.

»Eben nicht. Und das ist gut so.«

»Vor den Damen liegst du auf dem Bauch. Da liegst du richtig.«

»Den Gedanken an Eifersucht darf man nicht außer acht lassen.«

»Den Gedanken an Eifersucht darf man nie außer acht lassen.« Mit Kötterholz war an diesem Abend nicht zu reden.

Tröger sehnte sich nach seinem Toscana-Heftchen zurück wie ein Junge sich nach seinem Lucky-Luke.

»Du bleibst an deinem Gesangverein dran«, sagte Kötterholz, »singend, jubilierend, liebend und den Bauch am Boden.«

Kötterholz' Lust auf Zerstörung war noch nicht gestillt, seine Lust, Spieße in sensibel gespannte Seelen zu treiben. Fragte sich jedoch ehrlich, was ihn so gegen Tröger hetzte; er hatte diesen Burschen tatsächlich gern. Du willst dir deine Ältlichkeit aus dem Gehirn schleudern, dachte er.

Tröger nickte und lächelte: »Die Olgensatt-family dürfen wir nicht aus den Augen verlieren.«

»Gewalttaten geschehen immer in Familien«, übertrieb Kötterholz wie zur Versöhnung. »Morgen fahre ich zu dem Alten.«

»Den überlasse ich dir gern.«

»Bestimmt«, knickte Kötterholz wieder in seinen alten Ton um, »seine erotische Ausstrahlung ist beschränkt.«

»Ihr werdet euch ausgezeichnet verstehen«, sagte Tröger ganz leise.

Aus diesem Gespräch konnte nichts mehr werden.

Sie tranken ihr Bier und noch eins, blickten und wurden langsam miteinander milder.

VI

Deutschland und die Firma

Es gibt Tage, mit denen kann man Menschen erschlagen, dachte Kötterholz, als er aus dem Hoteleingang trat:

Der Fahrer hielt ihm den Wagenschlag auf, trug aber weder Mütze noch uniformähnliche Kluft.

Sie fuhren nach Neheim. Zunächst schweigsam. Dann blickte der Fahrer ein paarmal seitlich nach hinten. Blickte wieder nach vorn. Wieder zurück. Dann sagte er, wie es schien mit einer gewissen Schüchternheit sogar, aber mit ganz und gar sicherer Stimme, daß er das mit den Ausländern (Pause), nein, er sagte, daß das mit den Scheinasylanten, Schweineasylanten doch wohl so nicht weitergehen könne und daß Deutschland sauberer werden müsse und überhaupt Deutschland den Deutschen. Ob er, der Kommissar, nicht auch so fühle. Weitere Blicke zurück in den Wagenfond.

»Stimmt«, sagte Kötterholz. »Das Volk sind wir. Wir sollten uns ans Waschen machen.«

Der Fahrer war ihm auf den Schlag genau unsympathisch, obwohl er sich mit allen guten Vorsätzen in den Wagen gesetzt hatte. Franz hatte nicht verstanden und antwortete: »Da liegen Sie verdammt richtig. Diese Wirtschaftsschmarotzer. Unsere Frauen trauen sich nicht mehr aus dem Haus. Die nehmen uns die Arbeit weg. Fahren dicke Wagen. Kriegen Sozialrente. Und da soll man denen nicht auf die Bude rücken.« Er lachte und sprach von Aufklatschen.

Etc. Etc. *(Man kann diesen Mist wirklich nicht aufschreiben!)*

Diese eckköpfige Dummheit ekelte. Diese Massigkeit von Muskeln und Stiernacken, der den Hals über den Kragen quetschte, machte krank und Kötterholz hilflos. Diese tagesschaunotorische Körperprotzigkeit, diese widerwärtigen Gedankenfürze, diese Hohlmentalität, soweit überhaupt vorhanden. Dieser Mensch schien zu brüllen, auch wenn er leise sprach. Macho-Fett auf Springerstiefeln.

»Dies Gesindel!« sagte Kötterholz.

»Da haben Sie recht!« Der Fahrer schlug auf das Lenkrad.

»Dies hauseigene Gesindel.« Kötterholz mußte raus aus diesem Schlamm und Gehirndreck.

»Richtig«, sagte der Fahrer. »Die sollen zu Hause bleiben und sich in ihren Dreck buddeln.«

Kötterholz schwieg und nahm sich das übel.

Er suchte nach einleuchtenden Sätzen, und es fielen ihm nur Beschimpfungen ein.

Er war froh, als sie in den Neheimer Kopf einbogen. Herr Olgensatt sen. stand am Tor und fragte nach guter Fahrt, wartete aber die Antwort nicht ab; Kötterholz hätte auch nicht gewußt, was zu antworten, und wenn, so hätte das jeden Gesprächsbeginn zunichte gemacht.

»Guter Mann, der Fahrer«, sagte Olgensatt. »Habe ihn gleich hier aus der Nachbarschaft.«

Im Wohnzimmer stand er dann am Fenster und blickte in Garten und Tal.

»Wissen Sie, ich bin hier geboren. Da unten auf der Wiesenstraße. Unterhalb gab's da noch ein riesiges Ziegeleiloch, da hinten am Schindellehm. Unheimlich tief, unten am Grund mit Wasser angelaufen. Die Ziegelei war nicht mehr lange in Betrieb. Nebenan wohnten meine Großeltern. Ich weiß noch, wie ich Angst hatte vor den dunklen Gängen zwischen den trocknenden Ziegeln. Auf der Straßenseite zum Betrieb hin bin ich nie gegangen. Die Erwachsenen nannten die Gegend Kleinasien. Warum, habe ich vergessen. Da waren wohl Fremde hingezogen, deutsche Fremde, heutzutage, da kommen die ja von Wer-weiß-woher. Himmel, der Lehm war fett, braun, grau, blau, und die Leute hatten damit im Garten übel zu kämpfen. Was die da alles reintaten, Pferdemist und Hühnerdreck und immer wieder umgraben, Frühjahr und Herbst. War immer meine Aufgabe. Seitdem kann ich Gartenarbeit an den Zähnen nicht haben. Heute habe ich den Gärtner. Guter Mann auch. Ganz wie Franz. Habe ich auch aus der Murre. Warum die Gegend nebenan Murre hieß, weiß ich auch nicht. War eine Asozialengegend. Da gab's eine Holzbaracke, zweistöckig, viele Kinder, aber vor denen hatten wir Angst. Warum wir uns damals zu einer Bande zusammentaten, weiß ich nicht mehr. Mit denen spielten wir nie. Aber vorm Kampf mit Holzschwertern hatten wir Angst. In der Schule haben wir mit denen aus der Baracke nicht gesprochen. Mit denen aus der Kaserne auch nicht. Die stand gleich daneben. Die Leute von dort galten schon als halb zivilisiert. Die aus der Baracke gingen nie in die Kirche. Die aus der Kaserne schon eher. Dabei liegt die Michaelskirche ganz nah.«

Der Alte redete, als ob man ihn dringend gefragt hätte.

»Ich hoffe, Franz hat Sie gut gefahren«, sagte er noch.

Kötterholz nickte, aber das konnte der alte Olgensatt nicht sehen, da er ihm den Rücken zukehrte und immer noch zum Fenster hinaus ins Tal starrte. Aber Kötterholz hatte nicht den Eindruck, daß dem Sprechenden eine Antwort fehlte.

»Warum hat meine Schwiegertochter Sie engagiert?« fragte der Alte nach einer Weile und drehte sich um.

»Sie hat wohl Bedenken, daß es sich um einen Selbstmord handelt«, sagte Kötterholz.

»Und was meinen Sie?«

»Wir sind erst am Anfang.«

»Mord wäre eigentlich besser für Wolfgang«, sagte der Alte plötzlich. »Selbstmord sieht so schwächlich aus.«

»Tod ist Tod.« Kötterholz mochte den Mitleidenden nicht mehr spielen.

»Eben nicht«, sagte der Alte. Er bat an den Tisch. »Sie haben sicher Fragen.«

»Haben Sie Feinde?«

Der Alte machte eine wegwerfende Handbewegung. »Was soll's? - Ich habe mich aus dem Schindellehm herausgewühlt. Da wird man wohl Feinde haben. Erfolg macht neidisch, aber auch begehrt. Man wird umflogen und umflattert, und das Grüßen will kein Ende nehmen. Man hat viele Freunde. Aber wer hundert hat, hat keinen. Da wird man wohl viele Feinde haben. Die Leute öffnen die Arme weit, aber schließen sie nie.«

Kötterholz fühlte sich unwohl. Solche Besinnungen hatte er nicht erwartet; sie überforderten die Situation. Er konnte einfach keinen Tritt fassen in diesem Gespräch.

Er hatte Zorn und alttestamentarische Wut erwartet, zumindest abschüttelndes Gegrummel; so hatte es sich gestern am Telefon angehört. An einem Altmännergespräch über die Verderbtheit der Welt hatte er keinen Spaß.

Und wie um dem Detektiv einen Gefallen zu tun, sagte der Alte: »Ihr Honorar und die Spesen zahlt Frau Olgensatt selbst!«

Kötterholz hakte ein. »Wie ist Ihr Verhältnis zu Ihrer Schwiegertochter?«

Der Alte zögerte. »Man kann sich die Schwiegertochter nicht aussuchen.«

Genau dies konnte sich Kötterholz nicht vorstellen. Er sagte es auch in einem Anfall von Mut. Olgensatt schaute ihn an. »Sie halten mich also auch für einen Tyrannen?« Der Blick geriet ihm weniger wütend als augenscheinlich geplant. »Aber Sie haben doch ein wundervolles Familienleben. Ein liebes Enkelkind, wie ich annehme.«

»Aber wird das ausreichen?« fragte Olgensatt zurück.

Kötterholz stutzte; es verschlug ihm die Sprache; er wußte nicht zu antworten.

»Ausreichen wofür?«

Der Alte schien weiter auszuholen: Es gehe um die Familie und natürlich um die Firma, was ja eigentlich dasselbe sei.

Oder? Die Firma in anderer Hand - ein unvorstellbarer Gedanke.

Kötterholz hatte weder eine Firma noch irgendwelche Reichtümer und Besitze, Latifundien oder Mehrfamilienhäuser, keine Familie dauerhaft mit seinem Namen zu versehen, der ihm schließlich nicht ewigkeitsgeprüft und auf Unendlichkeit hin haltbar erschien.

Es überfiel ihn wieder Unlust wie schon so oft in diesem Fall. Unlust, über die Dauerhaftigkeit der Welt oder das Gegenteil zu erzählen. Er begriff das Problem nicht. Das machte ihn sprachlich unbeweglich.

Olgensatt schien das ausnutzen zu wollen, holte Luft, schien sich was von der Seele oder von sonstwo reden zu wollen. Kötterholz krümmte sich zusammen. Sein Gesicht geriet in die Nähe der Knie. Er hatte entschieden keine Gabe, über Vergänglichkeit nachzudenken oder Unvergänglichkeit sich irgendwoher zu grapschen. Er machte »Hm!«; aber das war offenbar wenig ausreichend.

Olgensatts Hände waren auf Erklärung aus, befanden sich, nach oben hin offen, bereits auf dem Wege zur oberen Brust.

Das kann lange dauern, dachte Kötterholz.

Wenn die Firma in Familienbesitz bleiben solle, dann müsse eben die Familie geschützt werden. Und was könne nicht alles passieren, was könne dem kleinen Thomas nicht alles passieren. In der Hinsicht (hier betonte Olgensatt) sei ja auf Wolfgang kein Verlaß gewesen. Warum der nicht geheiratet habe! Aber immer die Musik! Und Christiane habe das noch unterstützt. Diese dämliche Notenumblätterei. Anstatt noch ein Kind. Aber nein! Mit Thomas kann man darüber nicht reden.

Olgensatt suchte mit Blicken die Unterstützung von Kötterholz, der langsam nicht mehr wußte, wohin mit Augen und Gedanken. Schließlich gab er es auf und holte tief Atem.

»So steht es also mit dieser Familie.« Olgensatt versuchte zu lachen.

»Es gehört sich einfach nicht, daß der Mensch unverheiratet sei. Das ist Egoismus. Dabei steht einem Olgensatt in Neheim jede Tür offen. Er hätte heiraten können, wen er wollte.«

Zwar bemühte sich Kötterholz mit aller Gewalt seinerseits eine Anwandlung von Pathos zu unterdrücken, aber es gelang ihm nicht, und schon war es heraus, daß Christiane ihm vielleicht doch noch und wider alles Erwarten, und wie alt sei sie eigentlich, ihm, dem Großvater, doch noch ein zweites Enkelchen schenke.

»Die Dame regelt das den Umständen gemäß selbst«, sagte der Alte.

»Ach«, sagte Kötterholz.

»Sehen Sie«, sagte Olgensatt.

Er resignierte am Thema und sagte noch: »Der Thomas tut mir leid!«

Und Kötterholz blieb es unklar, worauf sich dieser Satz bezog.

Olgensatt ging wieder zum Fenster und zeigte auf das Möhnetal. »Schön, nicht?«

Dann drehte er sich abrupt vom Fenster weg und ging auf die Tür zu. Das Gespräch war beendet. Kötterholz, nicht schlauer, trottete hinter ihm her und bedankte sich.

In der Diele saß Enkel Thomas und spielte mit einer Play-Mobil-Tankstelle. Er schob mit Brummen die kleinen Autos vor. Ganz tief hatte er den Kopf darüber gebeugt.

»Was machen Sie sich Sorgen«, sagte Kötterholz, »der Kleine ist doch vom Fach.«

Der Alte lächelte. Aber es war unklar, ob er überhaupt zugehört hatte.

Nein, nein und abermals nein. Kötterholz war nicht der Meinung, daß Neger, Juden, Zigeuner hingehen sollten, wo die herkommen, hatte keinen Bock auf Schwule-Klatschen, und Deutschland war ihm, derzeit zumindest, ziemlich egal. Und noch vor Moosfelde, kurz hinter Neheim im Tal, hatte er dem Fahrer doch gesagt, er solle gefälligst mit seinem Dumm-Dumm-Gefasel aufhören. Franz schlug wieder auf das schwarze Lenkrad - das klang nicht mehr sehr kameradschaftlich - und fuhr bedrohlich langsam die letzten Kilometer.

*

Thomas Olgensatt mußte ihn in seines Vaters Haus überwacht haben, oder es war purer Zufall: Kötterholz nahm das erstere an, sobald er am Telefon die Stimme hörte, an die er sich allerdings erst erinnern mußte.

Thomas schien nervös, denn er nannte seinen Namen erst nach einigen Sätzen.

Kötterholz geriet in Verteidigungshaltung, als er auf die Fragen antworten sollte, warum er seine »Schnüffeleien« nicht einstelle. Er sagte, Frau Olgensatt habe ihn »schließlich engagiert« und er pflege »für sein Geld zu arbeiten«. Und er dringe selten ohne Einverständnis in fremder Leute Haus ein.

»Meine Frau hat ohne mein Einverständnis gehandelt.«

Kötterholz antwortete, schroffer als gewollt, daß dies für seine Tätigkeit ohne Belang sei oder ob er falsch liege mit seiner Annahme, daß seine Frau volljährig sei.

Thomas brauchte einige Momente, um seinen Angriff zu lindern. Alles sei so mißlich, alles so ungewollt verdrießlich.

»Seien Sie froh, wenn's nicht noch schlimmer kommt«, sagte Kötterholz und war sich bewußt, daß er das eher allgemein politisch meinte und einzig dieses Fascho-Stiefel-Gebilde von Fahrer mit seinen patriotischen Rülpsern ihn gegen die Familie so unhöflich machte, und auch er versuchte eine Friedenspause plus -angebot.

»Am Telefon läßt sich so schlecht reden.«

Thomas sagte zwar nicht: Komme sofort!, aber er griff, augenscheinlich erleichtert, die Offerte ohne lange Überlegung auf. Er werde ihn zu einem kleinen Spaziergang am See entlang abholen. Oder ob er segle.

Kötterholz segelte nicht, obwohl ihm das Tröger schon einige Male vorgeschlagen hatte zu lernen. Er wollte durch sportliche Übungen nicht seine Altersweisheit aufs Spiel setzen beziehungsweise den Anschein davon.

Thomas kam einige Zeit später, und sie gingen hinunter an den See, standen da, und Kötterholz wußte mal wieder nichts zu fragen.

»Aber ist es nicht gut, daß Licht in diese Angelegenheit kommt?«

»Welches Licht?« gab Thomas zurück.

»Warum waren Sie nicht im Konzert?« fragte Kötterholz.

»Ich war kegeln. Oder sind alle, die anwesend waren, unverdächtig?«

Kötterholz haßte natürlich Gegenfragen und schwieg erstmal.

»Warum sind Sie gegen die Aufklärung des Falles?«

»Dieser Fall ist kein Fall.«

»Das wird Ihnen Kommissar Hellbach noch schonend beizubringen haben. Ihr Bruder ist umgebracht worden.«

Thomas Olgensatt lachte.

»Wer sollte Wolfgang schon töten wollen?«

Das Gespräch lief schief, und Kötterholz war ärgerlich auf sich selbst. Er blickte über den See, hatte wenig Sinn für all das Geglitzere. Sie gingen weiter bis zum Yacht-Hafen.

»Wollen Sie nicht doch ein bißchen mitfahren?« fragte Olgensatt. »Es ist nicht viel Wind.« Er stand vor einem Boot, offensichtlich seinem, und war bereits mit den Seilen beschäftigt.

Er werde ihm keine große Hilfe sein.

Olgensatt zuckte die Schultern. Er nahm Kötterholz vom Boot her am Unterarm. Der stieg ein, und das Boot geriet ins Schwanken. Kötterholz machte auf sein Gewicht aufmerksam. Thomas stieß mit einem Paddel vom Steg ab, machte ein paar Schläge und richtete die Segel; das Boot nahm Fahrt auf.

Kötterholz hatte sich in die Mitte gesetzt, während Olgensatt hinten das Steuer hielt. Sie segelten sozusagen ohne Wetter. Er wirkte mühelos lässig.

Er will Heimvorteil haben, dachte Kötterholz. Er fühlte sich unbehaglich... Als Kommissar könnte man die Leute einfach aufs Präsidium bitten, auf einen harten Stuhl vor dem Schreibtisch und peng!

Als Detektiv auf freier Wildbahn aber. Detektiv in Wildnis und nirgends zu Hause. Detektiv ganz ausgesetzt. Detektiv wie im wirklichen Leben.

»Wann werden Sie denn die Firma übernehmen, das Steuerruder, meine ich?« fragte er nach einer Weile, wie um durch eine Metapher die derzeitige Realität, den Heimvorteil, auszugleichen.

Thomas zuckte zusammen.

»Ich bin ein guter Segler. Sie brauchen keine Angst zu haben«, sagte Thomas. Er scherte sich etwa einen Dreck um die Metapher?

Kötterholz ließ sich zögernd auf die Realität ein und fragte: »Ein Flying Dolphin?«

»Finndingi!« Thomas lachte laut auf, zu laut, um Kötterholz nicht als Ignoranten dastehen zu lassen. Der fühlte sich unbequem und verspottet. Er saß auf irgend etwas, hatte die Hände unter sich an irgend etwas geklammert und schwankte mit dem Oberkörper.

Thomas machte eine plötzliche, dann aber gleichmäßig lange Bewegung am Steuer, - und der Baum schlug knapp an Kötterholz' Kopf vorbei.

Noch im Wegducken verstärkte sich im Detektiv das rohe Gefühl einer Bedrohung. Warum diese Steuerbewegung von Thomas auf einem glatten See? War da ein Glitzern im Auge des Seglers, ein höhnisches Lachen? Ein zerstörerischer Mutwille?

Daß es die vorbeischlagende Bohle gewesen sein mußte, erriet Kötterholz erst an Olgensatts Ausruf: »Achtung, der Baum!«, wobei er, noch während er sich duckte, ärgerlich überrascht war, wie spät die Warnung kam. Ein Vorsatz also?

»Sie sitzen falsch, Herr Kommissar«, sagte Thomas ohne weitere Erregung, ohne geringste Anweisung allerdings auch, wie und wo er zu sitzen habe. »Das kann schiefgehn.«

Wäre doch bald schon! dachte Kötterholz voller Wut.

»Übrigens, Vater wird mir die Firma bald übergeben«, sagte Thomas.

Kötterholz saß da mit steifem Kopf, den er in die Schultern gezogen hatte, beobachtete den Segler und den Segelbaum.

»Und da hätten Sie Wolfgang auszahlen müssen. Oder?«

Kötterholz war krampfhaft darauf bedacht, sich nicht einschüchtern zu lassen. Es gelang ihm nur halbwegs.

»Oder! Herr Kommissar! Oder!« lachte Thomas. »Ohne Sohn kein Erbe! Ohne Sohn gibt's nur den Pflichtteil. Hat der Alte im Testament festgelegt. - Und der Pflichtteil war ihm noch zuviel, dem Alten.«

Wieder ein plötzlicher Schwenk. Kötterholz' Oberkörper geriet über die Reling. Er griff seitlich und konnte sich mit Not stabilisieren. Wieder das Blitzen im Auge des Seglers?

Thomas lachte wieder: der Segelbaum über Kötterholz' hockender Figur.

»Der Möhnesee ist zwar nicht die Kieler Förde, aber Sie können die Schwimmweste anziehn.«

Kötterholz wollte sich nicht lächerlich machen; aber das tat er schon zur Genüge. »Da können Sie Christiane aber dankbar sein«, sagte er und wollte vom Angriff nicht lassen.

Thomas hielt auf Körbecke Süd zu.

»Wir sind ein Herz, eine Seele und eine Familie.«

»Namens Olgensatt.«

»Eben! Herr Kommissar! Und so soll's auch bleiben.«

»Ich bin ein freischaffend Fragender, kein Kommissar, Herr Olgensatt.«

»Aber macht das denn Spaß?«

Nein, dachte Kötterholz. Fragte trotzdem: »Warum waren Sie nicht bei dem Konzert?«

»War kegeln.«

»Da haben Sie aber eine Gelegenheit zum Familientreffen verpaßt.«

»Weihnachten kommt bestimmt.«

Trotzdem geriet Thomas in eine leichte Erregung, nahm die Hände vom Steuer, schien sie zu ballen. Der See war völlig glatt; das Boot rührte träge sich nicht vom Kurs.

»Ich liebe es nicht, meine Frau bei untergeordneten Tätigkeiten auch noch zu beobachten.«

»Aber sie hat Musik gern - wie Wolfgang.«

»Na und? Solange sie keinen Sohn zeugen.«

Thomas lachte wieder. Als ob er einen Witz gerissen hätte, dachte Kötterholz. Warum spricht er im Präsens? Er müßte doch erleichtert sein.

»Sie mochten Wolfgangs Musik nicht?« Kötterholz hatte sich auf dem Boot jetzt einigermaßen zurecht gefunden. Ich werde kecker, dachte er.

»Ich schlage mehr Vater nach. Mutter ist schon lange tot.«

Kötterholz hatte mehr an Reaktion erwartet. Diese Gleichgültigkeit schien ihm nicht gespielt.

»Die Musik kam also durch Ihre Mutter in die Familie?«

»Vater hat Mutter aus Italien importiert.«

Kötterholz beschloß, dementsprechend bei Thomas Mann nachzulesen.

»Kein Motiv, Herr Kommissar! Kein Motiv! Weder Wolfgang ans Glockenseil zu hängen! Noch Sie ins Wasser zu schubsen!«

»Noch mir eine Beule mit dem Klotz da beizubringen?«

Kötterholz ließ ihm den Sieg, notgedrungen. Wütend

wegen der fortschreitenden Selbstsicherheit dieses mittelständischen Autosalonbesitzers.

»Aber die beiden hätten doch noch einen Sohn machen können.«

Der Ärger ließ ihn vulgär werden.

»Meinetwegen auch ein Mädchen!« rief Olgensatt herüber. »Es wären sowieso meine Kinder gewesen. Oder meinen Sie, Christiane hätte es in Neheim gewagt, Wolfgang als Vater zu melden?«

Kötterholz wußte es nicht.

»Sie liebte Wolfgang?«

»Na und? Aber sicher bin ich mir da nicht. Sie liebt auch die Musik und mich und den kleinen Thomas und die Eleganz und wenn sie beim Metzger nicht anstehn muß.«

»Es ist zu windstill, Herr Kommissar. Wir legen an.«

Der nickte.

»Ach, Herr Kommissar«, rief Thomas, »ich bin froh, Sie überzeugt zu haben.« Kötterholz wußte nicht wovon. »Wirklich. Vater heißt Thomas, ich heiße Thomas, der kleine Thomas heißt Thomas, Wolfgangs Mädchen hätten wir Christiane genannt. - Ist das nicht eine herrliche Ewigkeit?«

Sie legten an. Thomas sprang auf den Ponton. Er bastelte bedachtsam einen Knoten, wie man ihn sicher in der Segelschule lernt. Er reichte Kötterholz zum Aussteigen die Hand. Zog ihn hoch. Der fragte, wie sie wieder nach Delecke und Drüggelte kommen sollten, sah dann aber am Ufer den Fahrer Franz. Massig stand er da und lächelte freundlich. Hat er tatsächlich seinen Baseball-Schläger vergessen? dachte Kötterholz, eifrig darauf bedacht, seine Vorurteile nicht zu verlieren. Sie könnten noch mal nützlich sein. Er nickte ihm zu. Er hätte zu gern im Kofferraum nachgeschaut; er war sich sicher: der Fahrer hätte den Schlagstock gern als Ersatzbaum; Segeln auf dem Trockenen mit Schlageinwirkung und Todesfolge.

Vor dem Hotel fragte Thomas Olgensatt, wann er den Fall abzuschließen gedenke. Der Detektiv zuckte die Schultern und bedankte sich für die Ausfahrt.

»Immer mal wieder!« rief Thomas; Franz fuhr los.

Strahlend erschien Tröger am Hoteleingang. Hellbach habe angerufen. Neige immer mehr - trotz Beule - der Selbstmordthese zu.

»Holzkopf«, sagte Kötterholz

»Was wir brauchen«, sagte Tröger, »ist ein unmusikalischer Mörder.«

»Böse Menschen haben keine Lieder.«

»Tröger, es war ein Cembalo-Konzert!«

»Heute abend ist Generalversammlung bei Mutti Höcker«, sagte Tröger.

»Singt ihr?« fragte Kötterholz.

Tröger trug bereits Turnschuhe, Jeans (Kötterholz suchte vergeblich und deswegen neidisch ältliche Hüftverdickungen) und ein T-Shirt mit dem Aufdruck (Englisch): Liebe macht frisch.

»Und grün hinter den Ohren«, erwiderte Kötterholz.

VII

Gesangverein

Mutti Höcker ist ein kleines Ausflugslokal an der oberen Möhnetalsperre, unterhalb von Völlinghausen, schräg gegenüber der ältesten deutschen Kanzelbrücke. Hier beginnt der See, und auf dem flachen Wasser dümpeln die Enten, wenn sie nicht in Scharen und mit Geschnatter kleine Mädchen und alte Herrschaften umwatscheln, die ihnen Brotstücke zuwerfen. Weiter links in der Aue liegen umgestürzte Bäume, und das Wasser sucht sich eigene Wege.

Der Gesangverein saß bei Bier und Cola im Hinterzimmer und lachte. Eine Woche nach Olgensatts Tod wunderte Tröger das doch. Er saß neben Sabine. Und so machte ihm das ganze Spaß. Mit Sabine ging er unbefangen um; er hatte sich an ihre umtriebige Schönheit gewöhnt. Mit Verrenkungen hielt sich das Mädchen an diesem Abend zurück: es war Klassentreffen, und so gab es kein neues Publikum.

Sie waren ungefähr ein Dutzend. In der Überzahl Mädchen. Einige ältliche Jungen. Die drei Lehrer. Der Chor war in allen Stimmen dreifach besetzt.

Mausfitt schlug mit seinem Kugelschreiber leicht gegen das Pilsglas und sagte: »Liebe Chorgemeinde!«

Sie lachten. »Bravo!«

Ohne Übergang, ohne Pause sagte Mausfitt: »Ich bitte um einige Minuten Ruhe für Wolfgang.« Es gelang ihm ein würdiger Ton.

Es wurde still. Dann redeten alle durcheinander.

Mausfitt: »Es geht, das wissen wir alle, um den Fortbestand unseres Chores. Wir stehen ohne Kopf und Leitung da. Das wissen wir alle.«

Sabine (leise zu Tröger): »Was brauchen wir einen Kopf?«

Mausfitt: »Und das ist auch schon unsere Tagesordnung.«

Es wurde wieder still.

Dann Sabine lächelnd und energisch: Man solle doch einmal überlegen, ob man nicht über das Singen hinaus die Aktionsbasis verbreitere.

Oho!

Man sei ein Singekranz. (Grämling)

Opa!

Das verbitte er sich.

Stille. Gläsergeklirr. Sieffert schaute grämlich auf den Rand seines Glases oder in sich hinein, wo aber augenscheinlich auch nichts los war.

Wenn man singe (ein ältlicher blonder Junge mit schütterem Haar am Kinn), brauche man einen musikalischen Leiter, der wenigstens Noten könne; das sei der Punkt.

Alle drei Lehrer schauten auf den Rand ihrer Gläser.

Das sei der Punkt, der zu diskutieren sei. Hier seien Entscheidungen zu fällen. Hier seien alle gefordert. Die Schulöffentlichkeit - und nicht nur die - habe ein Recht darauf, ja ein Recht...

»Und die Leute draußen im Lande!« Lachen.

Eben. Eben. Haben ein Recht darauf, diese ihre Entscheidung baldmöglichst... das sei der Punkt, schließlich stehe man in der Öffentlichkeit. Und warum überhaupt immer ein Lehrer...

Der ältliche Junge investierte seine Jugend offenbar nicht nur in seinen Kinnbart.

Die Olgensattsche könne doch Noten, und dann bleibe alles in der Familie. (Lachen)

In der Famillje. (Lachen)

Sabine: Sie habe hier mal die Fotos mit.

Au ja! und Her damit! und Laß mal rundgehn!

Er glaube nicht, daß das hier und jetzt der richtige Zeitpunkt... (Sieffert)

Opa!

Das verbitte er sich.

Die Lehrer gerieten offensichtlich in Satzhektik und Argumentationsängste, waren sich des unverzüglichen, pädagogischen Handlungsbedarfes erschreckt bewußt.

Die Fotos machten die Runde: eijeijeijeijei!

Da gehe einem ja der Hut hoch.

Nicht nur der!

Lachen der Jungen außer dem Jungen mit dem Kinnbart in blonder Zukunft. Blicke der Lehrer in Biergläser.

»Quod erat demonstrandum.« (Man hatte es schließlich mit Gymnasiasten zu tun.) »Da sieht man's mal wieder«, rief jubelnd Sabine. Bei zügiger Genital-Propaganda sei auf den Adrenalinstoß des Mannes pünktlich Verlaß. Nicht nur auf den.

Lachen der Jungen, außer... vgl.oben.

Sabine: Und der sei merkantil abzuschöpfen. Das sei der Punkt.

Lachen der Mädchen. Blitzender Blick einer Dicklichen hinter rundem Brillenglas (das war so, wär's auch Klischee).

Kunst und Fleisch. Panem et circenses. Cherchez la femme. Runter mit den Hosen. Rauf mit den Röcken. Tröger begann sich einzuschwingen. Sabine schlug ihm auf die Schulter. Tröger wurde mindestens zehn Jahre jünger.

Sabine war schon bei der Formulierung des Antrags auf Umwandlung der Chorgemeinschaft in den »Club der Gnadenmutter von Werl. Sauerlandbetreuung e.V.« Emblem: Unter unserm Schutz und Schirm.

Sopran und Alt waren dafür. Der Tenor war gespalten. Der Baß dagegen, dagegen.

»Einstimmig dafür«, triumphierten die Mädchen, die sich kurzfristig darauf geeinigt hatten, daß eben bei diesem Thema nur Frauen Stimmrecht hätten - natürlich!

»So geht's ja nun auch nicht!« Auch einigen Mädchen ging das alles zu schnell. Aber die Sache war durch.

»Und was tun wir?« (Teile des Tenors)

»Ihr verteilt das Werbematerial.«
»Zuhälterei ist kein Hilfsjob.«
»Bei euch schon.«
»Dreißig Prozent!«
»Also gut! Zehn!«

Sabine reckte die Arme zum Siegeszeichen, haute Tröger auf die Schulter, näherte den Kopf seinem Gesicht: finaler Jubelkuß mit Zunge bei leicht letalem Ausgang auf der Empfängerseite. Sabine übte sich ein auf noch fremdem Gesicht, und Tröger war glücklich.

»Geschafft.«

Dann kam Christiane Olgensatt und blickte sich um. (Und da hättet ihr mal was erleben können!) Das also habe man aus dem Erbe des geliebten und geachteten Chorleiters gemacht. Es sei eine schreiende Schande.

(Der Schmerz gab ihr Rhetorik ein.)

Rachegöttin. Erinnye. Witwe. Sie trug Schwarz.

Die Lehrer beeilten sich in Entschuldigungen: Kindereien, Kindereien!

»Ein bißchen mehr Ernst, meine Damen!« (Mausfitt)

»Was soll das denn?« rief Sabine.

Der Auftritt von Frau Olgensatt brachte keine Klarheit ins Gewimmel, blieb folgenlos. Sie setzte sich an den Lehrertisch im vorderen Feld. Sie schwieg: Das habe sie nur sagen wollen.

Das alternde Mädchen mit Brille und blitzendem Blick stand feierlich auf.

Nun, da Wolfgang nicht mehr sei, wo finde man denn da die Kraft, der nachzustreben sich lohne. Suchen sei überflüssig, da Finden aussichtslos. Wer wolle denn diesen Platz vor dem Singekreis beanspruchen, ihn einnehmen, ihn ausfüllen. Allein das Ansinnen sei absurd. Singe, wem Gesang gegeben. Ja. Wo aber (Heben der Stimme) fänden sich, wo auch immer, die Hände, denen es gegeben sei, Töne zu locken, Hände, die den Reiz gäben, den Leib tonvoll zu machen, klingend zu stimmen wie Cello oder Cembalo.

Sie wartete ab, wischte sich, versteckt theatralisch, mit dem Handrücken die Stirn, sagte: »Nirgendwo!« und setzte sich. - Schweigen.

Die hatte vom rhetorischen Erfolg gekostet und erhob sich wieder. Er treibt zum Sieg, und der Sieg will Vernichtung, also sagte sie: »Auch das Lesen von Noten, wie ein I-Männchen mit Buchstaben es tut in der zweiten Klasse, gereicht nicht zum Charisma des Schöpferischen.«

Tumult.

Christiane mit höherer Stimme: »Ich lasse mir meine Vergangenheit nicht rauben. Was eigentlich weiß denn ein Pipimädchen vom Glück beim Umblättern von Noten?«

Davon wußte es nichts und Tröger auch nicht. Aber auch beim Betrachten von Sabines Mund und Nasenrücken hörte er sie nun, die archaische Gewalt weiblicher Eifersucht. Er schaute auf. Zurück bei Sabines Nasenrücken dachte er mit Wehmut, aber teilnehmendem Kampfgeist, wie weit Sabines Innenraumstärke ihn betreffe und beglücke.

Männerstimme (Grämling): »Streit der Königinnen. Wormser Dom, Hauptportal.«

Sabine: »Was hat diese Lolita mit Wolfgang zu tun?«

Christiane: »So ist es!«

Sabine: »Und was Notenlesen mit dem Singen von Noten?«

»Und wieso eigentlich I-Männchen der zweiten Klasse?« (Jungenstimme)

Alterndes Mädchen trotz Angriff in femininer Solidarität:

»Bei flächendeckender Mannesdummheit gilt die Quotenregelung zu hundert Prozent.«

Jungenstimmen (aus dem gespaltenen Tenor): Im Hinblick auf die Zukunft des Clubs der Gnadenmutter von Werl betrachte er diese Auseinandersetzung eher als geschäftsschädigend.

Das war Trögers Argument gewesen (Zwischenruf, Tenor: »Zum Bumsen gehören zwei!«). Sei es, daß ihn dieser Gedanke ernüchterte, sei es, daß er sich auf seinen Auftrag besann, zumal die Auftraggeberin im Saal war und er sich bewußt wurde, daß er auf Spesen trank, und er war ein ehrlicher Arbeiter, stand Tröger auf, stellte sich vor (zwei Buh-Rufe aus nicht zu identifizierender Tonlage - so zwischen Alt und Baß) und fragte laut: »Wer ist am Freitag im Drüggelter Konzert gewesen?« Es hoben sich fast alle Hände. »In diesem Zusammenhang hätte ich da eine Frage...« Er kam nicht weiter, und zum erstenmal in seinem schmalen Berufsleben hatte er den Gedanken, sein Honorar nicht zu verdienen.

Der ältliche Junge stand auf. Er möchte doch auf den musikalischen Aspekt dieser Versammlung zurückkommen - in aller Bescheidenheit; so sah es aber gar nicht aus.

»Softies raus!« rief Sabine Tröger an den Hals und leiser: Ach, es gebe keine Männer mehr.

Tröger fragte sanft nach ihrem Vergleichsmaterial.

So richtige ausgebuffte, ausgebeulte, ausgewuchtete Machos. Mit denen mache es echt Spaß. Einfach saugut und spitzenmäßig. Dabei schaute Sabine ihn von der Seite her an, und Tröger fühlte genau und plötzlich, wie es ihn saugut und spitzenmäßig ankam. Er wollte ihren Idealen nachkommen. Es war super zu spüren, daß mit Dreißig das Leben, das Erleben noch nicht vorbei war. Wenn ihn jetzt der Schlag träfe, dachte er ganz für sich allein, könnte er sagen: Verdammt, ich habe gelebt! Er schaute Sabine an, Sabine schaute ihn an.

Tröger war ein Mann, und das Bier floß süffiger als noch einige Momente zuvor.

Man war schon im fließenden Übergang zum gemütlichen Teil. Der Gesangverein war offenbar sang- und klanglos aufgehoben, ein wirklich klägliches Ende für eine Sangesgemeinschaft, mit dem Leiter hinweg: Alt und Tenor, Baß und Sopran fanden sich als erotisch-kommerzielles Gemisch wieder, das heißt, vom Baß war nicht viel übriggeblieben. Die näheren Clubnotwendigkeiten wollte man »unter uns« die nächsten Tage in einer Kneipe am Warsteiner Domplatz klären, auch die organisatorischen Vorbereitungen für die jungenfreie Kirmespassage treffen; hier waren die Herren (das Wort »tolerant« ging den Damen flott von den Lippen) herzlich eingeladen.

Wer hat sich nicht schon einmal gewünscht, am eigenen Leichenschmaus teilzunehmen, zu hören, was die Hinterbliebenen von einem so denken.

Die politische Lage wurde nur kurz gestreift - die Mädchen waren schon bei den Aussichten auf das Hirschberger Hexentreffen, das dort am Wochenende ausgetragen - »ja, wir brauchen für sowas nicht immer neun Monate« - ausgetragen werde, aber nur teilweise männerfrei, - wurde also nur kurz gestreift, obwohl der blonde Jungmann noch einmal aufstand, Brust und Kinn hatten sich überzeugungskräftig und bedeutsam gesteift, der kommende Bart zitterte leicht, und sagte: »Deutschland macht frei, aber eben nur Deutsche, verdammt noch mal!«

Das sei das Gebot der Stunde.

»Wir sind die Bewegung.«

»Wer?« fragte Tröger laut.

»Die neue Bewegung.«

»Neu?« fragte Tröger.

Aber der junge Mann hatte den Feind schon in Blick und Satz und sprach über die Bedrohung der Arbeitsplätze.

»Und die neuen Länder, die Jugend der neuen Länder hat es uns gezeigt.«

Bei Trögers Einwurf »Kotzender Schlagballknüppel mit Ziegenbart« lachte niemand, und Sabine stieß ihn in die Seite.

»Und da haben sie doch glatt das Sportheim in Völlinghausen zum Asylantenheim…«

»Von unserm Geld…«

»Die Zeit ist gekommen…«

Sabine sagte: »Erstmal geht's um den Hexensabbat.«

Tröger war kurzzeitig ernüchtert.

Aber alles war im allgemeinen Gerede schon untergegangen, und niemand achtete mehr auf Sätze und Gesten am Nachbartisch, als der junge Mann sich unterbrach und neu ansetzte.

»Du wirst sehen, du wirst wiedererkannt.«

Tröger wußte nicht mehr zu antworten. Er starrte den Jungen an. Alle waren bereits drüber hinweg. Aber er konnte das nicht als ein Zeichen von Ablehnung empfinden. Es hatte den Anschein, als ob die Thesen des Jungmannes schon oft gehört worden waren.

Alle Probleme waren augenscheinlich gelöst. Man redete durcheinander. Es wurde noch ein richtig schöner Abend.

Beim Abschied verteilte man sich auf die zur Verfügung stehenden Autos. Es war wirklich nicht allzu viel getrunken worden; das versicherte man sich gegenseitig.

Tröger ging zusammen mit Sabine hinaus und bot ihr seinen Wagen nach Warstein an, als aus der Walddunkelheit das Zukunftsbärtchen in das Licht des Eingangs trat. Das dazugehörige Gesicht sah Tröger ruhig an.

»Du wohnst doch nicht in Warstein.«

»Aber wenn ich in deiner Stadt für ein halbes Stündchen um Asyl bitten dürfte.«

Jetzt, zwei Stunden später dachte auch Tröger an die gehörten Sätze nur noch als Belustigung. So schnell geht das.

Der Junge verbat sich ruhig den Witz, den man über so etwas nicht mache.

»Wir kommen drauf zurück!«

Sabine hatte sich bereits entschieden und gab dem Ziegenbart den Zuschlag.

Er war noch beim Zunicken, als Christiane Olgensatt von hinten zu Tröger trat und ihm einen guten Abend wünschte. Dadurch verpaßte dieser ein versöhnliches Abschiedswort, was noch alle Hoffnungen hätte offengelassen. Seine derzeitige Arbeitgeberin im Rücken, machte die Situation endgültig deplaziert. Tröger erwartete eine Bemerkung wie: »Ach, Sie auch hier?«, wenn nicht gar: »Da amüsieren Sie sich aber gut für mein Geld.«

»Ich hätte nicht herkommen sollen. Die Jugend geht doch allzu sorglos mit dem Werk eines Mannes um.«

Tröger schwieg; Christiane bemerkte es nicht.

»Mein Gott, diese Eifersucht, dieses kindische Mißverstehn. Wolfgang paßte nun wirklich nicht hierher.«

Tröger schwieg und fragte sich, ob das wohl öfter Thema zwischen ihr und Wolfgang gewesen sei. Christiane schwieg und begann wieder.

»Wolfgang war natürlich nie einverstanden mit einer solchen obszönen Umwandlung seines Chores. Das müssen Sie mir glauben.«

Tröger glaubte es. Aber schon wieder ganz im geschäftlichen Auftrag befangen, glaubte er auch nicht, daß in diesem fröhlichen Kreis kriminelle Energie walte. Er dachte kurz an den Jungen und war sich dann doch nicht mehr sicher.

»Aber aus Eifersucht tut man vieles, was auf den ersten Blick unbegreiflich erscheint«, nahm Christiane seinen unausgesprochenen Gedanken auf.

Die Frau hat Klasse, dachte Tröger. Aber das brachte ihn auch nicht weiter.

Auf wen zielte ihre Eifersucht? Auf Sabine? Auf das Mädchen mit dem blitzenden Brillenblick? Auf irgendeine, die sich tarnte mit einem offenen Wort?

Aus der Dunkelheit - offenbar ein viel beschäftigter Mann in der Familie - trat Fahrer Franz, blieb aber auf halbem

Weg stehn, und Tröger sah genau, wie er dem dünnbärtigen Oberprimaner mit dem ein wenig oberhalb der Hüfte angewinkelten Arm ein Zeichen machte: ein Winken? eine Zinke etwa?

In den nächtlichen sauerländischen Bergen ist alles möglich: ein Gruß, ein Kuß, ein Gaunerzeichen, Hexensabbat und Klassentreffen, auch das hintergründige Lächeln einer Dame, deren Fahrer zum Wagen bittet.

VIII

Eifersucht und Soester Kirchen

Frühstück um neun. Wie immer. Kötterholz und Tröger waren mürrisch und maulfaul.

»Man sieht sich kaum noch.«

Tröger antwortete: »Ich frage mich, warum ich hier bin.«

Kötterholz war versucht, ihn an Theologen zu verweisen, sagte aber: »Du hast doch den besseren Teil erwischt. Wie war's gestern abend?«

So hätte der »Herr Detektiv in Ruhe« (Tröger; Kötterholz: »Welche Ruhe?«) nicht zurückfragen sollen, wenn er auf eine Antwort aus war.

Daß Kötterholz lächelte, schaffte keinen Frieden, ebenso wenig sein Schlag auf das Ei und seine süffisante Aussage: »Wetten, daß Sabine von einem anderen Jüngling nach Hause gebracht wurde, mitten in der Nacht?«

»Von einem Spatzenhirn von Baseball-Schläger mit Flusenbart.«

Es wütete deutlich in Tröger.

Zwar bemängelte Kötterholz Trögers verbale Bildgebung und trat damit nach Tröger in die literarischen Fußstapfen eines Herrn Sieffert, tat aber seinerseits eine ähnliche Beschreibung von Fahrer Franz aus der Murre.

»Stöhnen nützt da nicht mehr.« Hier waren sich beide einig.

»Wenn das so weitergeht, werde ich auf meine alten Tage noch Demonstrant.«

»Dann mal man schon die Plakate«, sagte Tröger. »Der Strand unterm Pflaster.«

Zu Deutschlands Zukunft kam ihnen weiter nichts in den Sinn. Waren sich während der Marmelade einig, daß es da doch Gesetze gebe, die man anwenden... und zwar auf der Stelle... verdammt noch mal...

Und sie konnten über Politik mit einemmal gar nicht mehr lachen. Ihr Gespräch brachte die Bundesrepublik nicht recht weiter, sie bemerkten es, wollten auch nicht so früh am Tage schon einen Stammtisch abgeben.

»Er hat ihn aus der Murre aufgelesen«, sagte Kötterholz. Tröger fragte nach, und Kötterholz berichtete von seiner Fahrt zum Alten.

»Der als soziales Wesen ist schwer vorstellbar«, sagte Tröger. »Richtig?«

»Richtig!«

»Also, wofür braucht er ihn?«

»Zum Fahren. Vielleicht hat er keinen Führerschein.«

»Als Autohausbesitzer?«

»Kapitäne können häufig nicht schwimmen. - Oder vielleicht säuft er?«

»Auf jeden Fall ist es schick, einen Fahrer zu haben.«

»Das paßt doch wohl eher zu Frau Olgensatt, bewandert in Mode und Noten«, meinte Kötterholz.

»Wir suchen einen Mörder, nicht einen Rechtsradikalen.«

Hier entstand dann eine Pause.

Nicht daß Tröger sich nicht wohlfühlte in diesem Fall und im sommerlichen Sauerland. Aber es machte ihn nervös, daß sie nicht weiterkamen. Er sagte: »Christiane war's nicht behaglich in dem Gesangverein, zumindest gestern abend nicht.«

Dann berichtete er.

»Also auch bei den Musenjüngern ein Deutschlandverehrer?« sagte Kötterholz.

»Weder quasseln noch singen hilft gegen Doofheit.«

Tröger war sich wohl klar, daß sich in diese tiefenpsychologische Aussage auch ein Hauch von Eifersucht mischte, ein Bild von femininer Räkelei und zappeliger Erotik; auf jeden Fall mochte er den Knaben natürlich nicht.

»Aber machen Motetten nicht sanft?« hörte er Kötterholz fragen. Auch hier gerieten sie wieder an die Grenze ihrer Redegabe. Kein schöner Zustand, dachte der alternde Jüngling mit beginnender ebensolcher Weisheit. Ihm hing noch die Nacht an und dieser schnöde Stoß ins Älterwerden durch ein Mädchen, das sichtbar nicht in seinem Alter war.

»Nun, diese Eifersüchte sind ja vielleicht eine Spur«, faßte Kötterholz den nicht erlebten Abend zusammen.

Das Mädchen mit Brille in Eifersucht gegen Christiane. Sabine in Eifersucht gegen das Mädchen mit der Brille. Christiane in Eifersucht gegen beide. Und Tröger in Eifersucht gegen den rechtsradikalen Jünglingsflaum.

»Fragt sich«, sagte Kötterholz, »ob eine Eifersüchtige ihren Geliebten an einen Strick hängt.«

»Ja«, sagte Tröger.

»Glaube ich auch«, sagte Kötterholz. »Aber die Kräfte der Damen reichen kaum aus.«

»Aber die des Neo-Nazi-Motettenknaben.«

»Wieso?« fragte Kötterholz. »Ist der auch eifersüchtig?«

»Nein«, sagte Tröger, und das klang wie ein Seufzer.

Tröger gab sich zu, daß er mit Gefühl allzu tief in den Fall sich eingelassen, d.h. sich nicht eigentlich in den Fall hineingedrängt hatte, sondern eben an dieses Mädchen heran. Aber die brutale Verweigerung einer sanften Heimfahrt (sanft die Möhne hinauf) war ein Schlag gewesen, der ihn später im Hotel gezwungen hatte, sofort und lange in den Spiegel zu starren. Er hatte nichts Besonderes bemerkt, was ja nur bedeutete, daß ihm der eigene Verfall nicht auffiel. Er konnte sich nicht über heftige Innentränen beklagen. Er stand nur so da und dachte das Wort »loser«. Und das war in Krimis der amerikanischen Art auch so angebracht: Der Detektiv kommt nach Hause, hat die Augenbraue zerschlagen, das Blut läuft bis zum Kinn; und der Detektiv denkt an seine hundsgemeine Bezahlung. Was nicht ist, kann noch werden; Tröger versuchte, mit deutscher

Volksweisheit amerikanischen Slang zu vertreiben, was ihm auch im Bett nicht gelang.

Eifersucht - herumhängen und sich vorstellen, was der andere tut, was der andere mit der anderen tut und umgekehrt; die Bilder zusammenpicken, die man selbst sich von Liebe zusammengebastelt hat: innige Körperszenen, erlebt oder aufbewahrt im imaginären Museum für Kinematographie; die Hauptfakten sind immer Kuß und Umarmung, man ist verteufelt nah dran, als daß man die kleinste Kleinigkeit übersehen könnte, und das genau in dem Augenblick, da man im Bett liegt oder eine Straße überquert (natürlich überquert der andere mit ihr auch die Straße - Hand in Hand). So nah dran; aber gleichzeitig weiß man um die Unmöglichkeit, einzugreifen und die andere Hand zu nehmen und deren Druck zu spüren, und die Versöhnung folgte auf dem Fuße. Oder gesprochenen Worten nachhängen und denken: Die sind ja nun wirklich und tatsächlich ausgesprochen worden, gestern abend noch; dennoch setzt sofort die Exegese ein: Wie war der genaue Wortlaut? Wo lag der genaue Ton? War etwa Lachen dabei? Und wenn ja, war dies Lachen ein Einverständnis oder ein rüdes Lachen? Ist das überhaupt eine richtige Interpretation? Wird da nicht doch nun etwas vergessen? Stimmt das eben Gesprochene für den Sprecher immer noch? Jetzt? Augenblicke, Stunden später? War es denn so gemeint? Und wenn es so gemeint war, ist es immer noch so gemeint oder bereits durch neue, lieblichere Tatsachen verdrängt, jetzt im Bett oder bei der Überquerung der Straße, jetzt, da die Erinnerung erstens verblaßt und zweitens alles verdunkelt? Und die Eifersucht ist ja immer schon vorher da, noch vor den Tatsachen, auf die man gehofft hatte (Blick oder Handhalten), so daß, wenn die Liebesfakten eintreten, sie gar keine mehr sind, da die Eifersuchtsexegese lange schon vorher begonnen hatte.

So dachte sich Tröger seine kontaktschiefen, aber einzig möglichen Gedanken.

Der Neo-Nazi-Kinnbart war bestimmt nicht eifersüchtig (dem half die Bewegung über alles) und hatte ja auch keinen Grund dazu, wenn Tröger Sabines Haltung so betrachtete. Der Detektiv aber schließlich auch nicht, denn seine mit Augen und Herz Verfolgte war in jeder Hinsicht weit fort; erst recht die Nacht davor.

Kötterholz arbeitete gern mit dem jungen Tröger zusammen, auch wenn dieser schwieg, wie eben jetzt. Er hatte nicht den Charme eines Schnüfflers und das Outfit einer geschärften Dogge. Er hatte Sinn für Tatsachen, die Realität freute ihn und machte ihm keine Angst. Obwohl Kötterholz manchmal sein Spleen für Love und Crime auf die Nerven ging, wußte er doch genau, daß der Junge meist richtig lag. Warum sollten sich die Leute sonst umbringen? - Ja, und Geld natürlich, Geld.

Aber dieses ständige Eifersuchtsgemenge wurde ihm langweilig. Er selbst hatte es leicht abgetan und war der Meinung, daß die Natur dies durch Altern regele, genau wissend, daß sie es eben nicht tat. Derzeit fehlten Kötterholz aber dazu sowohl Objekt als auch Grund. Auch dieser Fall bot ihm keine Anzeichen.

Junge, komm bald wieder, und es fielen ihm Schlagertexte aus seiner Jungzeit ein. Mach deine Aufgaben. Lösungen ergeben sich nicht bei Biergeselligkeiten und Motettenkränzen, auch wenn der Mädchen noch so schöne Töne locken. Sie singen dies und sagen das Gegenteil, locken und herrschen, schreien von Beherrschtwerden, aber wehe! sie würden es und lägen am Boden und niemand hülfe ihnen mehr in den Mantel; das Gesinge wäre stärker als das der Sirenen, das schon standhafteren und gefesselten Helden an die Seele gegriffen hatte. Sie wollen die Quoten sein und die Königinnen des Zusammenhangs, Prinzessinnen der Lagen und Situationen, im Reich des Hauses und der Kinder. Arbeit, Liebe und Beruf, alles gestaltet, umgestaltet von behaupteter Zärtlichkeit der besseren Menschen, brutal im Nehmen und immer bereit, jeden Prinzen an die Wand zu quacken, den sie nicht beherrschen, damit er zur Kröte werde; Sanftmut, Wut und Schweigen. Wenn es den Mann nicht gäbe, gut so; aber gäbe es die Frau nicht, ginge die Welt hops. - Na und? - Das sanfte Reich der Frau! Aber uns steht noch das Matriarchat archaisch in den Genen, wir hauen ab wie die Rüden, wenn sie ein paarmal von Frauchens Rücken geknallt sind auf kalten Stein. Die bessere Welt durch bessere Wesen! Daß Kötterholz nicht lache! Frauen morden mit Gift. Dieser feminine Imperialismus der geschwätzigen Sanftheit.

Ach, die Rückzugsgefechte, dachte Kötterholz abschließend. Unverheiratet, betrachtete er sich häufig genauer, und das tat ihm nicht gut.

Und plötzlich wußte er, was ihm fehlte: ganz einfach, der Schreibtisch, die Papiere und vor ihm der junge Tröger, den er fragen konnte, wenn sich seine Gedanken verschlungen hatten. Die harten Fakten der Akten! Nicht diese einlullenden Hotelfrühstücke: diese Gemeinschaft bei intimstem Genuß.

Die Gemeinsamkeit der Arbeit bringt einzig weiter. Sanftheit hält nur auf und lügt. Liebe Worte und Liebesworte sind nie wieder gutzumachen. Ihre Interpretation im Anschluß daran zu allen Zeiten und Unzeiten. Dies moralsüchtige Drüberreden in Bett und Straßenbahn. Dieser klugscheißende Terror der Sanften. Von ihrem Hochsitz aus läßt sich gut abknallen. Kötterholz dankte Gott, dem Herrn, daß es nicht zu seinen Ehrgeizen gehörte, ein guter Mensch zu sein.

Nach dem Segelausflug mit Thomas Olgensatt erst recht nicht.

Er erzählte Tröger davon, und er staunte nicht schlecht über seine eigene Freude, daß dieser ehrlich erschrocken schien.

Er starrte ihn an, wollte sichtbar seinen Stolz verbergen.

Dann sagte Tröger: »Das darf nicht mehr passieren. Wir sollten segeln lernen.«

Kötterholz versprach es für die nächsten gemeinsamen Ferien und Fälle. »Im Sauerland?« fragte Tröger.

Als Kötterholz nickte, lachten beide.

Seinen Gedanken - wieder war eine schwer erklärliche, Kötterholz bedrückende Stille am Tisch - fügte er hinzu: »Wir sollten verdammt noch mal öfter das Maul auftun.«

Stimmt, dachte Tröger, es ist gefährlich zu meinen, der andere wisse ja sicher, was man denke, warum es also noch aussprechen. Alles könnte dann ja so aussehen, als habe man sich gern. Ein paar große Worte von Zeit zu Zeit können Wunder wirken. Er nahm sich's zu Herzen und sprach von einem Anschlag auf seinen Freund.

*

Mit anderen Worten, sie mußten ein bißchen abschalten. Ein bißchen rumlaufen.

Einmal über den Soester Wallring. Und linker Hand die grünen Soester Türme.

Der grüne Sandstein von Soest, der zerbröselt, wenn man ihn mit dem Daumen reibt, aber steht während eines Stücks Ewigkeit.

Unter den Bäumen des Walls war es kühl. Sie sprachen kaum. Aber diesmal störte es sie nicht. Es war eine andere Stille als die nervende und verbockte.

Als Tröger, sozusagen abschließend, obwohl vorher drüber kein Satz gefallen war, sagte: »Der erste, der den Namen Olgensatt ausspricht, tut heute den ganzen Abend aus!«, sahen sie vor sich die Familie Olgensatt.

Der kleine Thomas lief ein Stück voraus. Thomas hielt Christiane am linken Arm. Rechts von ihnen ging der Alte, ein wenig gebückt, aber den Stock weit ausschwingend, rüstig. Der große Kopf und das weiße Haar.

Familie Olgensatt in graphischer Anordnung und Reih und Glied schritt aus in Richtung Ulricher Tor. Und die Sonne schien, die Bäume gaben Kühlung. Ein Donnerstagnachmittag, wie ihn nur wenige verbringen können: ein Detektiv in Aktion, ein Detektiv in Pension und die Besitzer eines Autohauses in einer kleinen westfälischen Stadt. Das Wetter ist so schön, da gehen sie spazieren, dachte Tröger und weiter: Die kommen gar nicht auf den Gedanken, das könne außergewöhnlich sein. Und: die bezahlen uns fürs Hinterherlaufen.

Ohne ein Wort hatten Kötterholz und Tröger sich darauf geeinigt, sich nicht bemerkbar zu machen.

»Ich finde schon, daß nach den Regeln der Wahrscheinlichkeit einer von ihnen der Mörder ist«, sagte Kötterholz, und das klang eher wie eine Bestandsaufnahme.

Sie hörten Christianes Stimme, die dem kleinen Thomas hinterherrief. Der blieb stehen und zeigte seinem Großvater einen Ast, einen Stein, einen Ball oder irgend etwas, das aus der Ferne nicht auszumachen war.

»Das ist keine klassische Verfolgung«, sagte Tröger.

»Und führt zu nichts«, sagte Kötterholz.

»Wenn Thomas versucht hat, dich umzubringen«, sagte Tröger, »dann besteht die Frage, ob die andern davon wußten.«

»Wohl eher«, sagte Kötterholz, er wolle sich aber nicht in den Vordergrund spielen, sich und sein bißchen Leben, »warum er es nicht getan hat?«

Sie näherten sich dem Ulricher Tor, wo die Straße ein wenig Außenverkehr in die Innenstadt läßt. Die Familie wartete am Straßenrand. Der kleine Thomas lief plötzlich los. Es gab Lärm und Quietschen. Der Großvater schon mittendrin, den Jungen am Arm stürzte er zurück.

Kötterholz und Tröger waren herangelaufen. Der Verkehr schob sich bereits weiter. Der alte Olgensatt stand da und keuchte, brachte aus Luftnot kein Wort heraus, obwohl seine

Lippen zu formulieren versuchten. Die waren ganz weiß. Er zuckte mit dem Kopf. Sein Stock lag am Boden. Langsam kam er zu Luft. Aber das Zittern ließ nicht nach.

Christiane Olgensatt hatte den Jungen bei den Schultern genommen und gab einige hastige Ratschläge ab oder bezog sich auf diejenigen, die sie sicher schon öfter gegeben hatte. »Mein Gott, ich habe dir doch dauernd gesagt...« Der Junge nickte, und sein Vater sagte: »Gott sei Dank ist ja nichts passiert.« Und auch er allgemein über die Gefährlichkeit des Straßenverkehrs. Die Eltern schienen nicht übermäßig aufgeregt. Eine unmittelbare Gefahr hatte wohl nicht vorgelegen.

Tröger und Kötterholz hatten aus der Entfernung nicht viel mitbekommen, außer der schnellen, sicher hektischen Reaktion des Alten.

Statt des zu erwartenden Schreis des Großvaters, der seine Atmung unter Kontrolle bekam, machte sich eine Flut von geflüsterten Satzfetzen frei: »Ich hab's immer gesagt... Ich hab's immer gesagt... Der Junge läuft, wohin er will... Ihr paßt nicht auf... ich hab's immer...«

Thomas Olgensatt versuchte sanft zu beruhigen. Der Junge habe noch gar nicht auf der Fahrbahn gestanden. Die Fahrer hätten nur aus Vorsicht gestoppt oder aber erschreckt von den aufgeregten Sprüngen des Alten. Der hörte nicht zu, und die Besänftigungen seines Sohnes schienen nicht an ihn heranzudringen. Immer noch murmelnd, hatte er seinen Stock aufgenommen. Kötterholz wollte ihm helfen, der Alte schüttelte ihn ab, augenscheinlich ohne ihn recht wahrzunehmen;

Kötterholz hörte deutlich den Satz: »Ich hab's immer gesagt, *ein* Enkelkind ist eine zu schmale Basis«, obwohl diese Worte noch leiser aus ihm herauskamen als die anderen schon und erst recht: »Wolfgang ist ein Schwächling.«

Der Alte stand wieder fest, als er Kötterholz erkannte. In diesem Augenblick löste sich sein Schrei als Brüllen: »Was, verdammt noch mal, wollen Sie hier?« Nach einer kleinen Pause und zischend - ob man denn nirgends vor ihnen sicher... daß dieses nun tatsächlich das Maß des Erträglichen... er werde das nicht mehr zulassen... nicht mal so kurz vor der Beerdigung... ob man denn nicht das Recht... ob man denn Freiwild... sein Anwalt werde schon... nun Schluß... endgültig...

Kötterholz versuchte alles als wirklichen und auch zu bedauernden Zufall zu erklären.

Der kleine Thomas drängte an der Hand seiner Mutter weiter.

»Hör auf zu quengeln«, sagte Christiane Olgensatt. Sie und ihr Mann schienen betreten, zumal der Alte nun auf Kötterholz' und Trögers Auftrag durch die Familie Olgensatt zu sprechen kam. Christiane brachte heraus, daß sie nun wirklich nicht gedacht habe, daß Kötterholz bei einer Beauftragung ihrerseits dies als Freibrief gegen sie nutzen (sie meinte wohl die Familie, denn sie schaute von Mann auf Schwiegervater), gegen sie nutzen werde.

Tröger erklärte ruhig oder versuchte es - eine Art Entlastung für Kötterholz -, daß sie derzeit nicht bei der Arbeit seien.

»Unser Eis auf der Brüderstraße«, sagte Kötterholz, und es staute sich in ihm zurückgehaltener Ärger, »ist Beweis genug für unsere rein touristische Unternehmung und geht nicht auf Spesen.« (Blick von Schwiegervater auf Gatten)

Er habe allerdings geglaubt, von Frau Olgensatt allein beauftragt worden zu sein. Sollte sich an dieser Geschäftsgrundlage etwas geändert haben, so erwarte er - am besten schriftlich - eine diesbezügliche Nachricht.

»Ach, lassen Sie alles beim Alten«, sagte Thomas und war sich der Doppeldeutigkeit, Tröger bemerkte es, nicht bewußt wie auch niemand der anderen.

Es ergab sich eine Stille, deren Peinlichkeit keiner niederschlug, auch nicht durch eine spielerische Bemerkung über das Drängeln und Ziehen des kleinen Thomas an der Hand seiner Mutter. Der Pumuckl sei noch zu kaufen, und den kriege er jetzt, bitte, bitte.

Christiane: Ja, doch! Den kriege er. »Sei doch endlich still!« - Eine Aufforderung, die tatsächlich nur dem Kleinen gelten konnte.

Endlich machte Tröger den Vorschlag, entweder die geschäftliche Besprechung woanders fortzuführen oder gänzlich zu verschieben. Diese Alternative brauchte niemand zu bedenken, und man gab sich mühsam an den Aufbruch. Denn da beide Gruppen dieselbe Richtung über den Wall genommen hatten, nun aber niemand Lust verspürte, diese weiterzugehen, in der Gefahr, die nächsten hundert Meter oder mehr in Gesellschaft der anderen zu verbringen, und da niemand für sich einen plausiblen Grund wußte, sich umzudrehn, blieb man weiter stehen und schwieg, bis Thomas Olgensatt das Gezerre seines Sohnes als Chance begriff und mit der rechten Hand links in die Ulricherstraße wies: Er kenne da einen Spielzeugladen, nichts Besonderes, aber zur Not...

»Hm«, machte Kötterholz, nachdem sie die Straße überquert hatten und weiter dem Wall Richtung Osthofen-Tor folgten. Die Lust an Fall und Spaziergang hatte an Intensität schlagartig verloren. Kötterholz machte sich an eine ausführliche Kosten-Nutzen-Rechnung.

Er nahm einen Ausgangspunkt bei den detektivischen W-Fragen: Was hat wer wodurch gewonnen oder zu verlieren?

Thomas tötet seinen Bruder und trachtet Privatdetektiv nach dem Leben (in Segelboot auf Möhnesee bei Flaute). Damit ist sein Leben (bei anzunehmender Verhaftung und Verurteilung) in einer sauerländischen Kleinstadt als Autohändler ruiniert - Autohändler leben von dem Vertrauen, das sie ausstrahlen. Das Geschäft macht pleite. Der Vater ist böse, weil ihm das Lebenswerk abhanden gekommen ist.

Thomas wird Nebenbuhler los. Aber was hat er davon? Außerdem war er beim Kegeln (Bei Hellbach nachfragen!). Christiane tötet Liebhaber (Ist er dies gewesen?) und Künstler, den sie verehrt (Außer Frage!). Damit gibt sie ihre Familie auf wie ebenso (naturgemäß und sozusagen todsicher) ihren Liebhaber, wenn er überhaupt ein solcher gewesen ist (vgl. oben). Außerdem, warum sollte sie Geld für einen Privatdetektiv vergeuden? Camouflage? Der Alte tötet seinen Sohn oder läßt töten, der als Künstler nichts erbringt oder produziert, am allerwenigsten eine Familie zur Sicherung, zur zusätzlichen Sicherung des alten Namens. Durch den Mord ist der Alte erledigt und sein Enkel, den er liebt, fürs Leben gezeichnet. Zudem belastet er seinen übriggebliebenen Sohn, den er doch wohl liebt, und raubt ihm den Bruder und seiner Schwiegertochter den Liebhaber (wenn Wolfgang denn ein solcher gewesen ist - aber warum eigentlich nicht?). - Und das Geschäft geht auch pleite. Daß der Vater seinen jüngeren Sohn einen Schwächling nennt und genannt hat, steht außer aller Frage.

Variante Neheim.

Variante Warstein:

Sabine tötet Chorleiter...

(Tröger: »Ich muß doch bitten!«

Kötterholz: »Warum hast du denn in Warstein und bei Mutti Höcker ermittelt?«)

Sabine tötet Chorleiter und wischt Christiane eins aus (Genügt sowas als Motiv?) und zerstört damit ihr junges blühendes Leben. Außerdem erscheinen ihr erwiesenermaßen Liebhaber als zu vernachlässigende Größen. Zudem, wie kriegt sie 75 kg ans Seil?

(Tröger: »Aber eine Frau...!?«

Kötterholz: »Eben drum... Dennoch hast du recht: die nehmen meist Gift. Daß du jedoch selbiges Argument nicht bei Christiane vorgebracht hast, junger Freund, beweist deine Voreingenommenheit, eine bedenkliche Vermischung von Trieb- und Berufsleben und disqualifiziert deine Professionalität.«)

Jüngling mit Flusenbart tötet Chorleiter, Grund unbekannt, oder Chorleiter war linke Ratte, oder Jüngling will Freundin imponieren oder sich im Verbrechen mit ihr vereinen... Liebhaber sind das Gegenteil von rationalen Wesen...

(Tröger: »Hm!«)

...und zerstört damit seine glänzende Karriere als Intellektueller an der Nationalen Front, denn der Tod eines Musikers (nicht einmal Militärmusikers) schadet eher der Bewegung, als daß er ihr nützt, und bringt die vaterländische Sache nicht voran, sondern in Verruf, denn die patriotischen Holzklötze möchten natürlich auch an der musischen Front (vgl. Speer, Schirach, Goebbels) die Strahlesieger sein; nicht nur Autos für das Vaterland, sondern auch Sonaten und Sonette. Zack. Zack.

(Tröger: »Obwohl man auch die abwegigen Mutmaßungen nicht außer acht lassen sollte.«

Kötterholz: »... abartigen...?«)

»Damit haben in diesen Kriminalcharts Warstein und Mutti Höcker schlechte Plätze«, schloß Kötterholz schnaufend seine Cost-Benefit-Analysis mit Blick auf die opportunity costs.

»Nicht nur Kunst«, rief Tröger bewundernd, »nein, auch Nationalökonomie! Meine Herren!«

»Werde älter, mein Sohn! Dies ist dein einziger Mangel. Wissen ist nur eine Frage der anhaltenden Zeit!«

Kötterholz schien leicht zu entschweben.

Aber sie standen weiterhin auf dem Soester Wall ohne Täter. Ja, ohne jedwede logische Hypothese.

Und die Sonne schien immer noch.

IX

Baseball

Kötterholz wunderte sich, darüber froh zu sein, daß die Sonne sank, als sei er in Florida.

Was für ein wunderliches Wetter in diesem gebirgichten Westfalen, daß die Sonne den ganzen Tag schien, - dies Sauerlandwetter, das man sich grau, verhangen, neblig und voller Regen vorstellt. Die Einwohner und Hausbesitzer hatten die Schilder »Zimmer frei« hereingeholt. Vor den Häusern standen Autos mit den unterschiedlichsten Nummernschildern. Das Sauerland gab sich weltläufig und warum auch nicht.

In Körbecke hatte er einen alten Mann brummen gehört: »Hier geht's zu wie in Dortmund.« Er hatte den Verkehr in seinem Dorf gemeint, als er sich mit Plastiktüte zwischen den parkenden Autos hindurch zum Getränkemarkt schlängelte, und Kötterholz hatte ihm recht gegeben. So machen sie aus Dörfern Luftkurorte. Schilder weisen zum »Haus des Gastes« oder zur Sauerlandhalle. Der Fleischer ist ein Delikatessenladen. Der Bäcker verkauft Baguettes, der Schreibwarenhändler die Süddeutsche und den Telegraaf, und die Stapel werden tatsächlich kleiner. Im Nebenraum rauscht der Fotokopierer.

Kötterholz hatte den Soester Anzeiger gekauft mit den Lokalteilen rundum: Soest, Kreis Soest, Möhnesee, Warstein, Sassendorf, Welver, Werl bis hin nach Lippstadt, mit Horoskop und Gedichtinterpretation am Wochenende.

Er hatte ihn beim Abendessen gelesen. Der »Drüggelter Veranstaltungskalender« (Sauerländischer Heimatverein) wies wieder Konzerte auf, als ob nichts geschehen sei. An diesem Abend: zwei Gitarren mit Bach.

Kötterholz hatte keine Lust.

Er nahm den Bus nach Völlinghausen. »Möhnesee East-End«, hatte Tröger gesagt. »Geh bei Mutti Höcker vorbei und trink ein Bier auf mein Wohl!«

Kötterholz zog es nicht dahin. Er stieg im Möhnetal aus. Nahm östliche Richtung auf den Fichtenwald. Ging eine kleine, steile Straße hinauf.

Auf dem Kamm überquerte Kötterholz einige Wiesen, betrachtete hinter sich das Tal oder links und rechts neben sich die grasenden, kauenden, hin und wieder einfach glotzenden Kühe. Die Sonne war zwischen den Bergen und Hügeln nicht mehr zu sehen. Kötterholz nahm rechter Hand einen Pfad, der zurück hinunter an den See führte.

Mittlerweile waren keine Spaziergänger mehr zu sehen. Zwischen den Fichten schimmerten Lichter eines Gasthofes. Er las das Kneipenschild. Er war bei Mutti Höcker angekommen. Er wollte sich ein Taxi bestellen und hielt auf die Lichter zu. Linker Hand glänzte dunkel der See.

Kötterholz trat in den Eingang des Gasthauses und sah die beiden mit Pudelmützen vermummten Gestalten zu spät, erinnerte sich danach aber deutlich und immer deutlicher an die Totenkopfaugen hinter den herausgeschnittenen Augenschlitzen. Ein kompakter Schatten sauste auf seinen Kopf zu, er bog ihn weg, und der Schatten traf ihn an Hals und Schulter.

Kötterholz sackte weg.

Er hatte die Zeit verloren, als er das gleichmäßige Surren eines großen Wagens hörte und sich auf der Hinterbank fühlte. Fahrer und Beifahrer, pudelmützenverhüllt wie zuvor, sprachen kein Wort. Der Beifahrer deutete nach einer Weile rechts - Kötterholz hatte die kurvige Straße am See entlang talabwärts erkannt -, und der Fahrer sagte: »Ich weiß. Ich kenn' den Weg.« Der Beifahrer stieß ihn mit dem Ellenbogen in die Seite. Kötterholz sah von hinten die Bewegung. Der Vermummte drehte sich um und schaute auf

Kötterholz. Der blieb zusammengekauert und schloß die Augen schnell wieder, hatte aber, da sich die Pudelmütze nach oben verschob, einen flusigen Kinnbart gesehen im Gegenlicht von Straße, Scheinwerfer und Armaturenbrett. Obwohl der Fahrer nichts mehr sagte, hatte der Detektiv festgestellt, daß es die Stimme von Franz dem Fahrer gewesen war, wie sie ihm rauh und dümmlich in Erinnerung stand.

Er verfolgte genau die Situationen und ihre Abfolge: sie bogen nach links zum Alten Backhaus ab. Der Kinnbart sprang hinaus, öffnete den hinteren Schlag, zerrte Kötterholz hinaus, ließ ihn auf dem Kies liegen; das Auto fuhr davon. Niemand hatte mehr ein Wort gesagt.

Der Privatdetektiv am Boden betastete Kopf, Hals und Schulter, spürte nichts; der Schmerz hatte fühlbar nachgelassen. Dann stand er auf. Er schlug sogar gegen Jacke und Hose, um sich zu säubern.

Er klopfte bei Tröger an. Der war nicht da. »Unpünktlich wie immer, wenn man ihn braucht.« Irgendwo zwischen Körbecke und Warstein auf der Suche nach wem auch immer. Bzw., das war ja wohl klar. Die Neonazis jedenfalls hatte Kötterholz am Hals. Verflucht.

Er rief Hellbach privat an. Die Frau war am Telefon. Kötterholz entschuldigte sich wegen der Uhrzeit. Aber es sei eilig.

»Einen Augenblick, bitte.«

»Ja bitte.«

»Grüß dich.«

»Grüß dich.«

Ob er die Autonummer erkannt habe.

Von außen hatte er den Wagen nur im Verschwinden gesehen. Und das bei der Dunkelheit. Aber er könne ihm die Nummer auch so sagen bzw. den Besitzer oder die.

»Irgendwelche Anzeichen?«

»Die Stimme von Franz.«

Ob er da sicher sei.
Ganz sicher.
Aber wie das beweisen?
Das wußte er auch nicht.
»Hm.«
Aber er hatte genau den jugendlichen Kinnbart unterhalb der Vermummung erkannt. »Genau wie Tröger ihn beschrieben hat.«
Davon gebe es viele - in dem Alter.
»Mit Sicherheit.«
Innenausstattung des Wagens?
Wie eben so ein Wagen aussieht. Es war dunkel gewesen. Die Außenwelt hatte geblendet. Ein großer Wagen! Kötterholz war kein Autokenner.
»Die Farbe?«
»Bei der Dunkelheit?«
»Das ist wenig.«
Kötterholz war sich sicher, im Auto der Olgensatts gefahren zu sein. Er sagte nichts. Er hatte genug von Hellbachs Nachfragerei.
Das sage Kötterholz alles nur wegen der Stimme.
»Sicher.«
Aber die habe nur einen Satz gesagt.
»Zwei.«
»Wenn schon.« Und das bei der Vermummung.
Aber verdammt, Hellbach konnte den beiden doch mal auf den Zahn fühlen. »Nun doch endlich mal!«
»Ja schon.«
Kötterholz brach ab und wurde allgemeiner: Welche Erkenntnisse die Polizei denn hier von der rechtsradikalen Szene habe, dem Gesindel.
»Von der Zusammenkunft bei Mutti Höcker heute abend haben wir gewußt«, sagte Hellbach. Aber das Lokal sei ganz und gar nicht einschlägig bekannt.
»Wenn schon.«

»Und wie bringt uns das weiter?«

Hellbach fragte nach anderen Beweisen, Belegen, hieb- und stichfest Darzustellendem. Mit der Stimme von Franz, vorausgesetzt, er sei es gewesen, sei nun wirklich nicht viel anzufangen. Welches Gericht wolle man da überzeugen und mit was.

Kötterholz wurde böse.

Wie es zum Beispiel mit einem kleinen Verhör sei.

»Um dann die ganze Bande auf dem Hals zu haben oder auf sonst welchen Körperteilen?«

Er, Kötterholz, habe sie am Hals gehabt.

Eine Gegenüberstellung habe auch keine Aussicht auf Erfolg.

Der halbfertig Bärtige sei möglicherweise der Freund einer Schülerin aus Warstein, die Tröger beschatte. (Kötterholz sagte das ohne Anzüglichkeit, nicht zuletzt, um seinem neuen Versuch nicht die Schärfe eines Beweises zu nehmen.)

»Möglicherweise.«

»Möglicherweise.«

Zum erstenmal wurde das Schweigen am Telefon dauerhafter, also lästiger.

Innenausstattung des Wagens?

Sicher der Wagen der Olgensatts.

Sicher?

Fast.

Fast sei nicht sicher.

Kötterholz kam nun langsam in die Lage, an seinen eigenen Eindrücken zu zweifeln. Das machte ihn aggressiv. Hellbachs fast triumphierende Darstellung der Schwierigkeiten und Unbelegbarkeiten kam ihm arrogant vor.

(Mein Gott, Kötterholz, wenn du wüßtest, was ich alles an der Birne habe. Hast du mal auf die Uhr gesehen? - Die Lästigkeit noch nicht ganz stillgestellter Pensionäre!)

Kötterholz sah auf die Uhr. Zur Aggression kamen Gewissensbisse, Unrechtsbewußtsein und Mitleid.

(Kötterholz, du mußt das Große und Ganze im Auge behalten.)

Das trieb ihn zum Angriff, und er sagte: »Und wieweit bist du?«

Hellbach antwortete zu schnell: »Vielleicht hat sich der Pianist (Kötterholz verbesserte nicht.) ganz einfach gestoßen, bevor er sich aufhängte, war geistig nicht mehr ganz bei sich... Du erinnerst dich bestimmt an den umgestürzten Stuhl...« Was er eigentlich gegen Selbstmord habe?

Kötterholz betrachtete sich selbst, wie urplötzlich das Lachen aus ihm herausstürzte. Sah, wie er den Hörer auflegte. Hörte, daß Hellbach noch etwas rief, beachtete es nicht. Sah, wie er den Hörer auflegte und lachte immer noch.

»Da sind Sie aber guter Stimmung heute abend«, sagte die Bedienung. Und Kötterholz bestellte einen Doppelten.

Er hatte den Kurzen gerade mal durchgebissen, als Hellbach zurückrief. Es sei nicht, wie er meine. - Was meine er denn. - Der Schnaps hatte eben den Magen erreicht und verbreitete Wohltätiges.

Er meine doch, daß er kneife.

»Aber vielleicht habe ich nicht den erforderlichen Überblick über die Gesamtlage und die politischen Zusammenhänge.«

Wer spreche denn hier von Politik. Er solle nicht sarkastisch werden.

»Warum rufst du zurück?«

Damit er nicht meine, was er meine.

»Deine Wortspiele sind beschissen.«

Ob er getrunken habe.

»Ja. Die ganze Zeit schon. Solltest meinen Deckel sehen.«

Ja denn. Aber trotzdem.

»Wie gedenkt die Polizei mich zu schützen?«

Er solle sich da heraushalten.

»Und mein Honorar?«

Er habe eine gute Rente, solle sein Wochenende genießen.

»Welches? Das letzte oder das kommende?«

Mit ihm sei nicht zu reden.

Die zweite Hälfte des Korns war weg. Kötterholz gab der Bedienung ein entsprechendes Zeichen. Dann bemerkte er, daß er immer noch schwieg.

Ob er noch dran sei.

»Am Fall? Oder will man mir ans Leder?«

Herrgott im Himmel.

»Steckst du schon so weit im Dreck, alter Junge?«

Er denke nur, daß der Fall vielleicht ganz einfach liege, vielleicht, wenn man es recht bedenke und von allen Seiten betrachte, gar kein Fall sei. Jedenfalls...

»Wir sollten drüber schlafen.«

Kötterholz hörte Hellbachs Erleichterung: »Gued gaohn!»

Dann zwischen dem dritten und vierten doppelten Doppelkorn kam er mit sich überein, daß er es gar nicht gerne hatte und es seinen Eigenwert empfindlich traf, wenn man ihm einfach so einen über seinen alternden Körper zog, ihn wie einen Suffkopp nach Hause chauffierte und ihn auf die Matte warf. Segelbaum am Kopf und Baseball-Schläger an der Schulter waren nicht gerade Baldrian für seine aufgekitzelten Nerven. Wörter wie »altes Eisen« und «ausgelutschtes Kaugummi«, »Materialermüdung« und »Du hast dein ganzes Leben hart gearbeitet und jetzt...« wollte er erst gar nicht in seine Gedanken kommen lassen.

Familie Olgensatt würde ihm noch einiges zu erklären haben.

X

Friedhof und Autohaus

Beim Frühstück - wie immer beim Frühstück - erzählte Tröger - Kötterholz glaubte, wie zur Entschuldigung für Unpünktlichkeit, nachdem er von seinem Überfall berichtet hatte - Tröger erzählte von seinem verkorksten Abend zwischen Möhnesee East-End und Warstein.

Tröger hatte sich gelangweilt, wäre beinahe Kötterholz auf dem Spaziergang nachgefahren, war aber dann in seinen Wagen gestiegen und die Möhnestraße hinauf nach Warstein gefahren. In der Kneipe am Dom hatte er einige junge Leute getroffen, die Sabine kannten (die komme heute nicht, man wisse nicht warum, denn normalerweise...), ihn aber, einen Fremden im Dorf, eher schweigsam angeblickt hatten. Er hatte ihren Nachnamen erfahren, hatte telefoniert. Es war augenscheinlich die Mutter am Apparat gewesen: nein, Sabine sei nicht zu Hause, ob man ihr etwas ausrichten solle, und wenn ja, wer denn am Telefon sei. Tröger hatte aufgelegt. Er hatte neben der Telefonzelle auf den Stadtplan von Warstein gesehen und ihre Straße gefunden. Er war hingefahren, eigentlich ohne zu wissen warum, nicht daß er der Mutter mißtraute und Sabine trotz der Auskunft doch zu Hause vermutet hätte, sondern einfach um zu sehen, wo sie wohnte und wie und die Umgebung und so, hatte sich vorgestellt, wie sie jeden Morgen und Mittag um die Ecke gebogen sei, hinaus aus der Straße, hinein in die Straßen; es war eine Sackgasse. Aber Tröger war zu Metaphern nicht aufgelegt. Er hatte den Wagen am Straßenende oder -anfang, wie man will (Kötterholz fand besonders an dieser Stelle Tröger ein wenig geschwätzig), geparkt und war die Straße einmal hinauf, einmal hinunter gegangen. An ihrem Haus (kleines Reihenhaus über zwei Stockwerke, Vorgartenblumen und Bodendecker, Jägerzaun mit kniehohem Törchen) war er, jedes Teil beobachtend und einsaugend, aber möglichst teilnahmslos aussehend, um ja nicht als ein anderer als ein Spaziergänger identifiziert zu werden, auf der Gegenseite vorbeigegangen. Hatte die Fenster aus dem Augenwinkel heraus betrachtet, um an irgendwelchen Anzeichen zu erkennen, welches ihr Zimmer war, hatte sich für ein Zimmerfenster links oberhalb des Eingangs entschieden, denn dort hatte eine weiße Plastikgans hinter der Scheibe geguckt. Am Ende der Straße war er sich plötzlich bewußt geworden, daß er ja auch wieder umkehren müsse, wie auffällig es in einer Sackgasse sei, sich so einfach umzudrehn wie jemand, der etwas vergessen hatte - mitten auf der Straße. Aber wieso sollte ein Spaziergänger plötzlich etwas vergessen haben? Wieso gab es überhaupt Spaziergänger in einer Sackgasse? Spaziergänger gehen vielleicht ziellos, aber nicht aussichtslos. Er hatte sich schnell umgedreht, die Straße menschenleer gesehen und hastig die Kehrtwendung gemacht. Der Gedanke, dies sei von irgendeinem der Fenster, wohl gar von einem ihres Hauses aus, gar von ihrem eigenen Fenster her, also von ihr beobachtet worden, hinter der Gardine weg, dieser Gedanke ließ ihn erschaudern. Trotzdem hatte er im noch schnelleren Vorbeigehn alle Aufmerksamkeit auf ihr Haus gelenkt. Dort hatte es übersehene Details gegeben wie eine Garage, einen bellenden Dackel (Wo war Herrchen oder Frauchen dazu?) und einen Blumenkranz an der Haustür. Unter den Achseln schweißnaß, hatte er seinen Wagen erreicht, aufgeschlossen und war hinter das Steuer gesunken, dankbar für die Anonymität, die das Wageninnere ihm bot.

Dann hatte er Sabine auf dem Rad gesehen, wie sie um die Ecke bog. Auf das parkende Auto hatte sie nicht geachtet. Sie hatte laut gepfiffen. Während Tröger losgefahren war, hatte er gesehen, wie sie ihr Rad durchs Törchen schob.

Es tue ihm leid, sagte Tröger zwischendurch, daß er nicht dagewesen sei, als Kötterholz Hilfe gebraucht habe. Aber er sei dann noch ein paarmal um den See gefahren. Ein paarmal. Bei dem schönen Wetter.

»Es ist ja auch so gegangen«, sagte Kötterholz.

Dann überlegten sie eine Zeitlang, ob sie an der Beerdigung von Wolfgang Olgensatt teilnehmen sollten. Die begann (Kötterholz hatte es in der Zeitung gelesen) um elf Uhr an diesem Morgen. Der Friedhof lag im Wald oberhalb von Neheim im Rumbecker Holz, sagte die Bedienung.

Alles sprach dafür, die Trauergesellschaft näher ins Auge zu fassen, außer aber, daß sie nun wirklich keine Lust hatten auf Friedhöfe, Kränze und mühsam verschluckte Tränen und Aufschluchzer. Kötterholz unterdrückte die Bemerkung, daß Tröger da vielleicht »seine« Sabine wiedersehen könne - ohne Rad; es fiel ihm keine gemäße Betonung für »Wiedersehn« ein.

Sie überquerten in Neheim die Ruhr und fuhren die jenseitige Bergkette hinauf. Auf halbem Hang stießen sie auf Teile der Trauergemeinde.

An der Kapelle trafen sie den Gesangverein. Alle in Schwarz und Weiß wie zum Konzert. Sie richteten sich offenbar auf ein Gesangsstück ein; es wurden Notenblätter verteilt.

»Mein Gott«, sagte Kötterholz, »die werden doch nicht.«

»Das ist doch das wenigste, das...« Tröger kam nicht weiter; Sabine lächelte leicht herüber, gerade so leicht, daß es nicht als Unschicklichkeit ausgelegt werden konnte. Dann machte sie allerlei Gesten - sie mochte sich wohl nicht aus ihrem Musikpulk lösen -; Tröger erkannte in dem pantomimischen Wirrwarr Zeichen, die befahlen, ja nach dem Trauerritual noch dazubleiben, zu warten, zu wa-a-a-arten, ja?

Die Dezenz wäre eindeutig unterschritten worden, hätte sie noch ein junges, flattriges, hübsches, junges Winken draufgesetzt. Das tat sie nicht, was jedoch nicht ihrer versteckten Scham zu verdanken war, sondern einigen Hüftknüffen des Jünglings an ihrer Seite.

Es sprach ein Herr, es war der Direktor, der sagte, daß es ihm als Direktor sehr weh tue und besonders in dieser Stunde und mein Gott, wenn man bedenke...

...plus Erschütterung - »in aller Deutlichkeit«.

Nach dem Geredeten, den Gebeten und dem Segen des Geistlichen gingen sie zum offenen Grab. Der Gesangverein stellte sich zu Kopf. Der Jüngling mit dem Bärtchen trug Springerstiefel; das sah nicht allzu wüst aus, zumal die Farbe paßte. Aber Kötterholz regte sich fürchterlich auf. Er zischte hörbar durch die Zähne und hielt nach Fahrer Franz Ausschau. Der war nicht zu sehen. Und Kötterholz richtete sich in fokaler Starrheit auf das kleine Jüngsken, bemerkte Tröger. Nicht daß er ihm beizuspringen gedachte, beileibe nicht. Aber unter all diesen Trauerhandlungen kam ihm Kötterholz' Mienenspiel doch arg übertrieben vor. »Und du mit deinem Hahnenkampfgebaren, ihr Sexualböcke«, antwortete Kötterholz und hatte Tröger genau verstanden; der schaute verwundert. Du würdest am liebsten hingehen, ihn ins Grab boxen unter den sehnlichsten Wünschen, er würde an den glitschigen Wänden ausrutschen, keinen festen Halt finden, immer wieder auf den Sarg des armen Wolfgang stürzen, eine Maus, eine Ratte an öligen Glaswänden. Du stündest oben am Rand und lachtest, lachtest oder sängest an seiner Stelle den zweiten Baß, der sich so schön an Sabines Sopran anlehnt. So dachte Kötterholz. Tröger aber sprach mit leichtem Grummeln, angepaßt dem Schwarz, dem Grau, dem Weiß und dem Rot und Grün der Kränze: »So würdest du ihn doch am liebsten zusammenschlagen, in allen Kranzfarben, würdest ihn unter deine Stiefel treten, den Absatz an der Kehle.« - »Ich habe nicht mal Schnürschuh an«, sagte Kötterholz mit einemmal laut und schaute bestürzt um sich. - »Pst«, machte Tröger und fuhr fort: »Den Absatz ihm an der Kehle und über ihm stehend mit schwarzer Peitsche wie die Domina über dem Freier. Ihm immer neue Farben auf die Haut zaubern wie Nolde aus Himmel und Erde.« - »Wie kommst du auf den?« - »Ich kenn' dich doch, Kunstkenner! - Und nicht die Handschellen zu vergessen, und die Fußschellen würdest du fast liebevoll ihm umlegen und die Halsschellen um den Hals und dann langsam zudrükken, um das Farbenspektrum zu verbreitern.« - »Aber nicht aus politischen Gründen«, zischte Kötterholz. Dann waren sie still. Die letzten Sätze des Vaterunsers. Der Gesangverein rückte sich zurecht. Nahm festen Stand. Der todgute Gottesmann Grämling breitete die Arme aus und versuchte zu dirigieren, wonach es auch war; aber er hielt sich wakker. Tränen trüben das Ohr. Trauer verkleistert die Sinne.

»Himmel, wie die singen!« entfuhr es Kötterholz. »Das weckt ja Tote auf!«

»Kötterholz!« zischte Tröger.

Dann war es still.

Man ging an der Familie vorbei. Manch Schnaufer, Schneuzer, Gluckser, manch Stöhnen, Seufzen, Schluchzen kam molltief aus unergründlichen Gründen, um zwischen Familie und Gruft recht urlautig und indezent zu zerplatzen: In nördlichen Breiten ist Trauer nicht mit Geräusch verbunden. Wenigstens hatten sie aufgehört zu singen. Die Olgensatts hatten wieder ihre graphischen Senkrechten eingenommen: schwarzes Gestänge vor blauem Himmel des Sauerlands, da schon vor dem Mittagessen die Hausfrauen mit ihren kleinen Kindern zum Strandbad der Talsperre eilen. Schwarzes Graphikschwarz aus Familie, das sich auflöst in die anderen Farben der Kränze. Stiefmütterchen und Ringelsöckchen am falschen Platz.

»Ringelsöckchen sind out«, sagte Tröger und meinte Fahrer Franzens zu kurze Beinkleider. Er war herangekommen und hatte sich hinter die trauernde Familienwand gestellt, als diese sich gerade in impressionistischer Auflösung befand, so als gäbe Fahrer Franz mit seinem Erscheinen und seiner pro-forma-Aufstellung das Zeichen zum Ende des Rituals, so als ob es gar keiner Bestätigung bedürfe, aller Welt darzulegen, daß in herrschaftlichen Häusern immer noch das Dienstpersonal den Gang der Alltäglichkeiten bestimme, auch und gerade in ihrer extremen Ausformung bei Trauer und Fest.

»Wenigstens hatte er keine Springerstiefel an«, sagte Tröger, als sie sich von der Grabgegend lösten und Buchsbaumreihen entlanggingen.

»Er weiß, was sich gehört.«

»Domestiken haben nicht nur Stil, sondern auch S-til«, antwortete Tröger.

Nach einer Weile: »Sind wir jetzt schlauer?«

Kötterholz verneinte und gab gleichzeitig zu, nicht zu wissen, was sie eigentlich suchten.

»Geh spielen!« sagte Kötterholz.

Und sofort blieb Tröger einige Schritte hinter ihm, um sich dem nachfolgenden Gesangverein anzuschließen, das heißt, Sabine an die Seite zu nehmen.

»Na?« sagte die.

»Na, du?« sagte er.

»Ich liebe Beerdigungen«, sage Sabine. »Die festen Formen und das Schwarz, die aufkommende Trauer, die gar nicht die eigene ist. Man ist befangen und geht doch friedlich unbeteiligt. Selbst Tränen läßt man laufen und erfreut sich an der Öffentlichkeit des Schmerzes. Alles so wunderbar weich und feminin. Die Frau kann nur auf dem Friedhof ganz Frau sein. Hier hat die Herrschaft des Mannes endlich sichtbar ihr Ende. Eure Dominanz hat am Grab keine Geltung. Am Ende und am Beginn des Lebens seid ihr ausgeschlossen. Ihr fuhrwerkt ein bißchen zwischendrin herum, bringt die Welt durcheinander, herrscht ein wenig oder versucht es. Aber an den Eckpunkten stehn wir. Karyatiden des Weltgebäudes.«

Er fragte: »Kannst du nicht ein bißchen kürzertreten. Ich versteh nicht alles.«

Mütterlich nahm sie ihn um die Schulter: »Tu weiter deine kleine Erdenarbeit.«

Es ist tatsächlich Friedhof, dachte Tröger.

An des Gottesackers Eingang verließ mit einem Male Sabine ihre philosophische und kämpferisch-emanzipatorische Sicht der Dinge, und sie hängte sich in Trögers Arm.

»Und sonst?«

Tröger erzählte nichts von seinem verkorksten Abend zwischen Möhnesee East-End und Warstein und auch nichts von seinem zufälligen Fund ihrer Plastikgans.

»Wie soll's sein?«

Und Sabine hatte auch keine Antwort erwartet oder erwünscht. Tröger fragte dafür nicht nach dem blonden Jungbart, und so gingen sie einige Schritte wortlos, wenn auch Arm in Arm. Unter ihren dunklen Kleidern muffte die Hitze. Sabines Schwarz-Weiß, Trögers gedecktes Allerweltsgrau.

»Ich freu' mich auf das Wochenende«, rief Sabine.

Tröger schaute sie an, ohne recht zu begreifen.

»Zu welchem Schützenfest geht's denn?« fragte er dann.

Sabine war oder tat empört. Wie er nur denken könne, daß sie sich auf ein Dorfschützenfest freue. Wie er ihr so einen bürgerlichen Verdummungsscheiß zutraue. Dann kenne er sie ja wirklich nur kaum. Da halte er sie wohl für ein Gretchen vom Lande.

»In Hirschberg steigt das Hirschberger Hexenfest, verdammt noch mal!«

»Ach ja.«

Sabine nahm die Grenzen, in denen sich Trögers Begeisterung hielt, als Beleidigung, die nicht einmal durch tölpelhafte Ignoranz erklärt und beigelegt werden könne.

Fest der Sauerländer Hexen. Frauen unter sich. Frauen zeigen ihr wahres Gesicht. Frauen legen Zwänge ab.

»Wir nehmen in Besitz.«

Sie sagte nicht, wovon. Und er sei eingeladen.

»Holla!?«

Sie wisse auch nicht warum. Aber er sei eingeladen. Vielleicht sei es sein übersinnlich sinnliches Wesen. Auf jeden Fall, um nicht zu sagen Phall: Sie, Sabine, ungewählte Hexe von Warstein und Hirschberg, lade ihn, Tölpel Tröger, ein. Wie er eigentlich mit Vornamen heiße.

Er war glücklich.

»Heinrich«, sagte er.

»Heinrich, ich rufe dich an. - Laß deine verklemmten Sinnlichkeiten los in den Sauerländer Bergen. Die Hexen nehmen dich unter ihr zärtliches Regime. Und du sollst glücklich sein!«

Er war es schon.

Heinrich Tröger fuhren dann doch etliche Schrecken in die Glieder. Er stand da. Bis Kötterholz ihn zum Wagen rief.

»Ist was?« fragte der.

*

Nach dem Mittagessen bat Kötterholz energisch (Heinrich hielt diesen Entschluß stillschweigend für die Vorspiegelung einer ersehnten Aktivität), zu Thomas Olgensatt gefahren zu werden. Sie fanden ihn im Autohaus. Er habe es bei der Trauergesellschaft einfach nicht mehr ausgehalten, sagte Thomas und blätterte weiter in den Auftragsverträgen. Kötterholz fragte nach den Geschäften und erhielt keine Antwort.

»Viel zu tun?« setzte er nach und erhielt keine Antwort.

»Natürlich wußte ich von dem Notenblattverhältnis meiner Frau«, sagte Thomas Olgensatt unvermutet. Er schien sich seine eigene Sprachregelung geschneidert zu haben, um seine Ehe zumindest verbal auf die Reihe zu kriegen.

Noch bevor sich Kötterholz entschließen konnte zu fragen, hatte Thomas schon geantwortet: Natürlich habe er auch an Mord gedacht.

Diesmal war Kötterholz schneller: »An wem?«

»Ich liebe meine Frau«, sagte Thomas.

»Und Ihren Bruder?« sagte Tröger mit einem Seitenblick auf die aufgereihten Autos im Salon.

»Mein Bruder ist tot«, sagte Thomas. Er sah von den Verträgen auf und kam näher.

»Interessiert Sie ein Modell?«

Servolenkung. Spitze hundertachtzig. Natürlich ABS. Aus Gewohnheit, schien es, führte er sie von einem Wagen zum anderen.

Kötterholz fragte vor einem Kabriolett:

»Was tun Sie außerdem, wenn Sie nicht kegeln oder Autos verkaufen?«

»Ich male. - Ich male gern in der Toscana. Oder lieber noch in Umbrien. Die einzige Region in Italien, die nicht am Meer liegt. Da muß man nicht segeln. Da darf man die umbrischen Schluchten malen.«

»Weiß Ihr Vater davon?«

»Ich versuche, es zu verbergen. Ohne Erfolg. Muß ein harter Schlag für einen Vater sein.«

Mußte ein harter Schlag für einen Vater sein: ein Sohn, der malt; ein Sohn, der Cembalo spielt.

»Zumindest spielt Ihr Sohn mit Playmobil.« Kötterholz meinte das ehrlich als Aufmunterung.

»Ein Enkel. Da ist die Basis ziemlich klein«, wiederholte Thomas seinen Vater.

Er spricht von seinem Sohn als dem Enkel, dachte Kötterholz.

Tröger ging weiterhin wie interessiert zwischen den Wagen, beugte sich auf die linken Seitenscheiben hinunter, als ob er das Armaturenbrett prüfe. Thomas forderte ihn auf, doch ruhig die Türen zu öffnen, sich doch mal reinzusetzen.

»Wollen Sie eine Probefahrt machen?« - Ganz Verkäufer.

Stattdessen fragte Tröger, warum er es nicht noch einmal, noch ein paarmal versucht habe.

Thomas und Kötterholz verstanden nicht recht.

»Die Basis vergrößern«, sagte Tröger und öffnete einen Kofferraum.

»Da hatte dieses Notenblattverhältnis schon begonnen.« (Thomas auf dem Weg in sein Büro)

»Also doch nicht nur eine musische Verbindung«, sagte Tröger und strich mit der Hand über eine Motorhaube.

»Was weiß ich?« (Thomas von hinten, der Sekretärin einen Vertrag reichend)

Frau verliebt sich in zwei Künstler, heiratet einen Autohändler und verliebt sich in einen Studienrat. Dachte Tröger. Da ist Notenumblättern vor heimischem Publikum genau der Mittelweg. Und manchmal nach heimatlichen Motetten ein Besuch bei etruskischen Jünglingen in der häuslichen Bibliothek.

Nach seinen abendlichen Lektüren im Hotel war Tröger auf dem künstlerisch Laufenden.

Ihm war mittlerweile Wolfgangs Tod piepe.

»Auf die Akademie durften Sie natürlich nicht.«

»Natürlich nicht.« Thomas wiederholte knurrend. (Er zeichnete Preisschilder aus, in flüssiger, teigiger, schöner Schrift.)

»Autodesign nur an Sonn- und Feiertagen.« - Verstärktes Knurren.

»Und der jüngere durfte aufs Konservatorium. - Wahrscheinlich mit der strengen Auflage zur Lebens- und Lehrbefähigung.«

»Immerhin«, sagte Thomas und betrachtete seine Schrift.

»Aber Sie sind doch erfolgreich in Ihrem Beruf.«

»Ich bin ein guter Geschäftsmann.«

»Warum stellen Sie nicht mal Ihre Bilder aus?«

Tröger begann Thomas hörbar zu bemitleiden; entsprechend schroff fiel die Antwort aus: »Wo?«

»Hier in Ihrem Autosalon.«

»FIAT und Umbrien sollen wohl zusammenpassen, was?«

Das Gespräch oder was immer es war erhielt einen Knick. Zwischendurch war Thomas sogar dabei, dem Auszubildenden Anweisungen beim Fegen zu geben. Man wollte schließen. Gleich stellen sie die Stühle hoch, dachte Tröger.

Fahrer Franz hielt die Tür auf, und Christiane trat ein; sie rief durch den weiten Raum: »Seid ihr soweit?« Sie ging mit ausgreifenden Schritten auf Thomas zu.

Im Geschäft tritt sie resoluter auf als im Motettenchor, dachte Tröger. Sie schwenkte ihre Tasche leicht nervös von einem Arm in den andern. - Die hat's alle nicht lange bei der Trauerfeier gehalten!

»Sofort!« (Thomas)

»Komm! Ich will raus!« (Christiane)

Ganz Chefin. Die Frau als Chef. Die Sanftheit in der Geschäftsleitung. Die Befreiung von der Männermacht. Loslösung von der Gewalt durch die Dynamik der Liebenswürdigkeit. Die Umgänglichkeitals Klima. Call me Christiane please, und alles geht wie von selbst. Frauen an den Schalthebeln, und alles geht charmant wie von selbst. Christiane greift zu und zeigt dem Lehrling den richtigen Besenstrich (Christiane wie Thomas bei gemeinsamer tätiger Verschleierung von Schuldgefühlen im Trotz gegen den Schmutz?), Schwung aus dem Arm heraus, liebevoll und durchsetzungskräftig. Sanftheit als Geschäftsgrundlage.

Tröger ertappte sich bei weiteren frauenfeindlichen Gedanken und schreckte zurück; diese sind nicht katholisch beichtbar, werden also nie verziehen, selbst nicht nach Fegen und Harken ganzer Fußballstadien.

Dann hatte Christiane die beiden Detektive entdeckt und rief: »Da schau, die Polizei!«

Sie nutzt den Heimvorteil, dachte Tröger und sah, wie Kötterholz antworten wollte.

»Das nenne ich Fürsorge.« Christianes Stimme wurde noch lauter, ohne ins Schrille zu schnappen.

Selbstbewußter Alt, dachte Kötterholz und wußte immer noch nicht, wie er sich verhalten sollte. Er versuchte es mit Parodie: »Sieh an, die Auftraggeberin!« sagte er. »Sie will sehen, wo die Spesen verjubelt werden.«

Das war genau das Falsche.

Christiane gab den Besen zurück und ging langsam, abschätzend auf Kötterholz zu; der stand vor einem roten Modell, sonst wäre er einen Schritt zurückgewichen.

Christiane sprach leise, als sie vor Kötterholz stand.

Jedenfalls nicht im eigenen Laden. Jedenfalls nicht hier auf der Spur gegen den eigenen Mann. Was das zu bedeuten habe. Was das, verdammt noch mal, zu bedeuten habe. Wie sie dazu kämen. Das grenze nicht mehr nur ans Ungeheuerliche. Vor allen Angestellten.

(Franz der Fahrer hatte am gläsernen Eingang Posten bezogen und tat gelangweilt. In einem Schub von Wagemut wollte Kötterholz nach seinem Baseball-Schläger fragen und wieviel Asylbewerber er denn heute schon... Das kam ihm deplaziert vor; zudem hatte Christiane ihn derzeit in Arbeit.)

Sie verlange eine Antwort. Warum er so stumm dastehe. Ob man den Mörder denn nun endlich... Etwa im eigenen Geschäft? Etwa der eigene Mann? Dafür gebe man das Geld, verdammt nochmal, nicht aus.

(Franz am gläsernen Eingang hörte jedes Wort. Die lichte Halle hatte eine gute Akustik. Er tat weiter gelangweilt. Der Lehrling war verschwunden. Thomas rief aus den hinteren Räumen, daß er sofort komme.)

Sie verlange einen Rapport. Und zwar auf der Stelle. Ob man nicht an diesem furchtbaren Tag, hoffentlich am Ende eines furchtbaren Tages bei einem Waldspaziergang ausspannen könne, der nun verleidet sei, ehe er begonnen habe.

»Aber ich bitte Sie, gnädige Frau!«

(Spinnerte Antwort, befand Tröger. Er stand ein wenig abseits, hörte die Worte und fand sich in derselben Lage wie

Fahrer Franz, was seine Gesprächs- und Handlungsfreude nicht gerade beförderte.)

Was sie beide hier zu suchen hätten.

Hierdurch und durch einen gekonnt souveränen Blick bezog sie Tröger mit ein, und dieser war ihr fast dankbar dafür. Er tat einen Schritt nach vorn.

Warum sagt Kötterholz denn nichts, dachte Tröger, selbst nicht in der Position, einen passenden Satz zu finden; also blieb er stehen, wo er stand.

Da mache er dann den Vorschlag, sagte Kötterholz - wunderbar, dachte Tröger jetzt, wie er den gelangweilten Ton trifft - den Auftrag zurückzugeben; die Rechnung gehe ihr per Post zu.

Christiane hörte nicht hin.

Sie seien nichts weiter als Angestellte und hätten sich gefälligst so zu benehmen und nicht gegen die eigene Herrschaft zu ermitteln.

»Nichts lieber als das«, sagte Kötterholz.

»Wäre ja noch schöner, wenn Mietlinge...« Christianes Stimme erhielt nun doch einen Stich in die gequetschte Lage. Thomas war im hinteren Glaseck der Halle aufgetaucht und stand da, bleich und aufmerksam.

Wieso sie hinter der Familie her seien wie die Schakale. Warum sie Thomas in die Enge hetzten. Sie habe diese Schnüffelei satt. Endgültig. Und sie verbiete sie. Und sie verlange. Und sie wünsche. Auf der Stelle.

»In welche Enge?« fragte Thomas aus seiner Ecke heraus. Christiane schaute sich um, stockte, blickte dann wieder auf Kötterholz. Auf jeden Fall entziehe sie ihnen die Schnüffellizenz; ihr Auftrag sei beendet.

»Wir gehen spazieren«, sagte sie zu Thomas.

»Ins Rumbecker Holz!« sagte sie zu Franz dem Fahrer, der ihr die Tür aufhielt in leichter Verbeugung.

Ebenso stand Kötterholz da, was Tröger maßlos ärgerte, bis er auf die Idee kam, das könne Ironie sein; sehr fein, sehr fein; bei Kötterholz war man da nie sicher.

Der befand sich bereits auf dem Wege zur Glastür, die Thomas Franz aus der Hand genommen hatte, um Tröger und Kötterholz hinaus zu bitten.

»Bis bald«, sagte er dann auf der Straße, verschwand im Fond des Wagens, wo Christiane bereits seit einigen Momenten die andere Straßenseite angestrengt beobachtete.

XI

Hirschberger Hexenfest

»Dann können wir ja das Wochenende so richtig genießen«, sagte Kötterholz zu Tröger.

»Ich schreib' die Rechnung«, sagte der.

Sie saßen im Hotel.

»Wenn du nicht mitgehst...«, hob Tröger feierlich an, er meinte das Hexenfest, »...dann gehe ich trotzdem.«

»Sei nicht traurig, mein Kleiner«, versuchte Kötterholz denselben Ton. »Stell dir vor, alles wird spannend, alles treibt auf diverse erotische Klimaxe zu, und du müßtest mich wg. Unpäßlichkeit ins Hotel verfrachten, nehmen wir günstigenfalls an, auch ohne Baseball-Schläger am Kopf...«

»...am Hals!«

»...am Hals. Du müßtest mein trauriges Gesicht ertragen, das durch keinen Sabinesatz zu Geselligkeit zu bewegen wäre. Oder mein trauriges Gesicht am Hoteleingang, wenn du mich abgeliefert hättest, anstandshalber drinnen noch fünf Minuten bliebest und dann schlechten Gewissens doch zurückführest. Um Stunden wärest du bei der Rückkehr zum Hexenfest zurückgeworfen, und eine Niederlage gegen das rechtsradikale Kinnbärtchen läge im Bereich des Möglichen. Und zurückbliebe ein überflüssiges Kribbeln im Skrotum. Leih mir lieber, mein Lieber, den Reiseführer 'Toscana und Umbrien - leicht gemacht': gutes Essen und middle-class-Reisen sind die Erotik des Alters und eben nicht ihre praktischen Übungen.«

»Recht ist es mir nicht«, sagte Tröger, eigentlich nicht nur der Form halber.

»Das ist das wenigste, das man verlangen kann«, knurrte Kötterholz. Er schickte Tröger auf sein Zimmer, den Reiseführer holen.

»Ich will doch wissen, was der Olgensatt so alles malen kann.« Sabine trat ein, lachend, die wedelnden Hände über dem Kopf im Zigarettenqualm, schon an der Tür bei ihren ersten Sätzen, und fragte nach Heinrich; Kötterholz nannte sie Gretchen, was Sabine nicht sofort begriff.

»Wie heißen Sie eigentlich mit Vornamen?« fragte sie.

»Heinrich«, sagte Kötterholz, was der Tatsache entsprach und Sabine schon wieder zum Lachen zwang.

»Sie sind ein dankbares Publikum«, knurrte er und knurrte weiter: »Wie im Wartesaal hier«, was bei der jungen Gesprächspartnerin nur zu einem kurzen Ausdrucksstau führte und sie umschauen ließ.

»Ihr seid ein hübsches Paar«, kicherte das Mädchen.

»Die Blumen zur Verlobung hinterlegen Sie bitte am Empfang.«

»Wohl nicht gut drauf, was, Alter?« stellte sie fest. »Ein Grund mehr, den Hexen einen Besuch abzustatten im dunklen Hirschberger Forst.«

»Mein gutes Kind«, begann Kötterholz und bekam einen wiehernden Lacher in den oberen Tönen zurück.

»Mein gutes Kind«, ließ Kötterholz sich nicht beirren und betrachtete seine Anrede als durchaus angemessen, den Umständen und seiner Seelenlage entsprechend; dafür aber fiel ihm keine Fortsetzung ein. Die Anspielungen auf sein Alter gerieten ihm immer mehr ins Kokette, was ihm in dem Maße auffiel, als die jeweiligen Gegenüber immer längere Zeit brauchten, um ihr Stocken zu überwinden, was ihn erst recht in sein Alter stieß bis hin zu Schuldgefühlen, bis hin zum endgültigen Gefühl, doch etwas in seinem Leben verpaßt zu haben.

Sabine hatte längst ihr Stocken, so sie denn wirklich auf den Alten geachtet hatte, überwunden beziehungsweise von

Gelächter und Händesegeln gar nicht abgelassen. »Also. Sie kommen morgen mit und damit basta. Eine laue Nacht in den Sauerländer Bergen bekommt jedem; das werden auch die Prospekte unseres Clubs sagen, und wir lügen nur manchmal, haben wir uns vorgenommen. Außerdem sind unsere Hexen die besten.«

»Ach, ich habe das Mittelalter längst hinter mich gebracht.« Kötterholz konnte sich zwischen Pathos, Selbstmitleid und Ironie nicht entscheiden.

Nein, Sabine setzte sich nicht auf seinen Schoß, obwohl sie ihrem Hüftschwung eine eindeutige Richtung gab, im letzten Moment lenkte sie jedoch auf den Nachbarstuhl um; noch im neckischen Flug bestellte sie ein Pils; laut, lustig, aber bestimmt; ein Mädchen unserer Zeit, das wußte, daß die Mannesführerschaft endgültig abgenippelt war. Kötterholz lächelte. Seine Abwehrbezeugungen wurden kraftloser. Was blieb, war ein »Ach!«, von dem man einschlägig meinen konnte, es ließe alle Möglichkeiten offen, obwohl Kötterholz längst überzeugt war, daß sie sich im Training vor Ort fühlte für ihren Club der Gnadenmutter von Werl.

Tröger hatte das Ach im Eintreten mitbekommen und ihm war sofort klar, daß der Alte wieder mal auf seinem Alterstrip war, der ihm immer besser gelang; das mußte er zugeben. Kötterholz hätte ihn einen herzlosen Ignoranten geschimpft.

»Laß dich ruhig täuschen (zu Sabine), der Alte ist wirklich alt und hat seinen Job verloren. Das tut besonders weh, wenn man pensioniert ist. In solchen Augenblicken liebt er die Jugend, besonders die eigene, an die er sich sonst nur ungern erinnert.«

»Ein Wort noch, und ich erzähle von der Flak, damals in unserem Garten.«

»Au ja, das törnt an«, sagte Sabine.

Tröger gab Kötterholz den Reiseführer.

»Ihr wollt verreisen?«

Tröger drängte zum Aufbruch: »Bummeln in den Bergen bei lauer Sommernacht.«

Sabine schaukelte und winkte im Hinausgehen, rief: »Also, bis morgen!«

Kötterholz stieß im Reiseführer auf die Skyline von Assisi, fuhr mit dem Finger über den Ponte Vecchio, und der schöne, langgezogene etruskische Jüngling langweilte ihn auch; er vergaß sein Erkenntnisinteresse daran, was Thomas wohl gestrichelt haben möge.

*

Der Marktplatz von Neheim ist außer der Waldumgebung noch das einzige, was von Neheim zwischen den Autobahnen übriggeblieben ist. Der Sauerländer Dom steht massig, aber schlank und ziemlich überflüssig da. Vor ihm einige niedrige, auf alt restaurierte Gebäude, eine Galeria natürlich und ein grüner Umgang zwischen grünen Metallsäulen. Ganz nett mit dem Samstagsmarkt darunter, wenn Menschen sich über Apfelsinen und Porree beugen. Die Sonne brannte, und das genügt in Neheim, die Stadt für schön zu halten; die Uhr ging auf zwölf. Die Preise purzelten. Kötterholz und Tröger kauften nichts.

Sie trafen Christiane Olgensatt, und genau dies schien Kötterholz gewollt zu haben, reimte sich Tröger die Bemerkungen - beim Frühstück natürlich - zusammen.

Man tat beiderseits überrascht und lud beiderseits zu Kaffee oder Eis ins benachbarte Café ein.

Das alles sei gestern nicht so gemeint gewesen, begann Christiane sofort.

Wie es denn gemeint gewesen sei, fragte Tröger. Daß sie sich um Gottes Willen noch als engagiert betrachten sollten.

»Das kommt überraschend«, sagte Kötterholz, und Tröger war drauf und dran aufzustehn, wenn auch mit der Ausrede, mal austreten zu müssen.

Sie habe eben von alldem nichts mehr wissen wollen. Ein Spaziergang nach diesem Tag. Weg, weg am Arm ihres Mannes. Die Berge rauf und runter. Bewegung.

»Die Luft tut gut hier.« (Tröger)

»Kann man verstehn.« (Kötterholz)

»Tun wir auch gern.« (Kötterholz) - Der fragte dann, wie sie zu der Ehre kämen..., er setzte neu an: wie sie denn zu diesem Sinneswandel komme...

»Das ist kein Sinneswandel«, Christiane stockte, »etwas habe ich vergessen zu sagen.« Sie sagte nicht was.

Kötterholz drängte nicht.

Über seiner nächsten Frage, wie denn nun wirklich ihr Verhältnis zu Wolfgang gewesen sei, entstand eine lange Pause: Löffelgeklirr; Christiane hielt beide Fäuste vor das Kinn; Tröger hatte die Kaffeetasse an den Lippen, trank aber nicht.

Sie habe ihn geliebt, aber nicht so, wie sie dächten, wobei Trögers Frage, er hatte die Tasse abgesetzt, dazwischen kam, wie sie denn meine, daß sie dächten; Christiane erwiderte: »Na, eben so... als Ehebruch...«

»Also so eben nicht?«

»Ja, so eben nicht.«

»Also wie eben dann?« (Tröger)

Das sei schwierig zu erklären. Und das habe dem Alten gar nicht gefallen.

»Wie bitte?« (Kötterholz)

Beim Notenumblättern seien ihr manchmal so Gedanken gekommen... so des Behütens und Beschützens...

»Er hat mich gebraucht.«

Kleine Pause. Löffelgeklirr.

»So als Begleiterin seiner Kunst.«

Das Wort Muse gebrauchte niemand.

Kötterholz fragte nach Thomas. Die Antwort kam schnell. Daß sie ihm immer eine treue Ehefrau gewesen sei.

»Immer«, wiederholte sie.

Nein, Tröger gähnte nicht, im Gegenteil, er hörte scharf zu. Aber die Fülle bekannter, eindringlicher Sätze machte ihm zu schaffen.

»Thomas kann gut zeichnen«, sagte Christiane.

»Aber ihn brauchten Sie nicht zu beschützen?« fragte Kötterholz.

»Er ist Autoverkäufer geworden. Er brauchte niemanden. Beim Zeichnen fehlt einem auch keiner.«

So erfuhren Tröger und Kötterholz buchstäblich im kühlen Schatten des Sauerländer Domes etwas über die Autonomie der Künste und die Einsamkeit der KünstlerInnen.

Auf die Frage von Tröger, warum sie denn, da sie die künstlerische Tätigkeit offensichtlich so liebe, warum sie denn nicht selbst... auf diese unvollständige Frage antwortete Christiane nicht. Ihr Blick ging ins Weite, kam aber nur bis zum Textilgeschäft Baltus gegenüber, jenseits des Marktplatzes. Kötterholz wurde unruhig. Tröger betrachtete aufmerksam, wie sich seine Nasenflügel bewegten. Dann saß er wieder wie schläfrig, fragte nach dem Vorkommnis, auf das sie angespielt hatte.

Christiane zögerte nicht mehr, allerdings erst nach einigen Einleitungen. Sie sei immer eine treue Ehefrau gewesen, ja, mit Bewunderung für ihren Mann. Deswegen sei ein Kind mit Wolfgang - nein, ausgeschlossen. Aber eben auch nicht mehr mit Thomas, dem Autoverkäufer. Und der Grund sei halt Wolfgang gewesen.

Bereits hier faßte Tröger zusammen: ein nicht durchgeführter Ehebruch als Grund für den Bruch der Ehe - so etwa. Aber er sagte nichts.

»Sex als Mittelpunkt des täglichen Alltags, des Lebens von fünfzehn bis neunzig ist doch wohl zu dämlich.« Christianes Stimme war scharf geworden. Die beiden Herren schwiegen. Sie hätten zwei getrennte Schlafzimmer. Nahm sie ihren Bericht wieder auf. Seit Jahren schon. Vor Wochen sei der Alte zu ihr gekommen. In ihr Schlafzimmer. Nachts gegen halb elf. Grad während ihrer Lektüre eines Bildbandes über etruskische Skulpturen. Da sei der Alte zu ihr gekommen. Im Bademantel. Sie glaube, mit sonst nichts. Er habe die Basis verbreitern wollen, fragte Tröger. So seine Worte, sagte Christiane. Also: zum Kinderkriegen seien die zwei anderen Kerle sowieso überflüssig. Bei ihr übernehme er das nun selbst. Wolfgang werde, weil untauglicher Schwächling und unnütz, beiseite... und Thomas bringe er unter Ausmerzung allen kreativen Schnickschnacks noch bei, wie man ein Autogeschäft führe, wenn er, der Alte, nicht mehr sei. So schaffe man eben Testamente. Testamente. Da brauche nur mal ein Verkehrsunfall oder eine Jugenddepression, eine plötzliche Gefahr für den kleinen Thomas, habe der Alte geflüstert... Die Familie und die Firma ohne Erben zu wissen sei für ihn die schrecklichste Vorstellung, habe er gesagt. Kurzum, er wolle, und sie sei auch nicht mehr die Jüngste, habe er gesagt, er wolle nun, und zwar sofort... die Basis erweitern und die Firma auf eine gesunde Grundlage setzen - ohne weiteres Risiko. Kurz, hier lächelte Christiane schief, er habe wohl Angst gehabt um sein Königreich zu Neheim.

Dabei (Christiane erläuterte nähere Umstände nicht) habe er mit einem Seil gespielt und einen Knoten geschlungen. Das habe nach der Vorbereitung auf eine Züchtigung ausgesehen. Er habe ihren erschrockenen Blick bemerkt und gesagt: Auch er brauche ein Vorspiel. Mit letzter Kraft, erbleichend einer Ohnmacht nahe, habe sie ihn aus dem Zimmer geschoben. Sie zittere noch, wenn sie daran denke.

Wovon Kötterholz und Tröger sich überzeugen konnten, als sie, die Tasse absetzend, gegen die Tischkante stieß und mit schnellen Schritten das Café verließ.

An der Tür rief sie: »Sonntag morgens segelt der Alte immer auf dem See.«

»Da haben wir die Sache wieder am Hals«, sagte Tröger.

Nach einer scharfen Bemerkung über die Fühllosigkeit seines jungen Mitarbeiters sprach Kötterholz über die Kunst und die Frau; daß die Frau, die sich zu gebären verweigere, die es verschmähe zu produzieren oder sich versage, auf ein faßbares Produkt verzichte, also Noten umblättere, statt Töne oder Farben oder eine Menge Kinder herzustellen, doch die wahre Künstlerin sei.

Tröger schaute ein wenig schafsäugig.

*

Hirschberg. Ehemalige Hexenrichtstätte. Ein kleiner freier Platz am Hang. Zwischen den Bäumen des Hangwaldes stehen zwei Bänke. Ein Holzkreuz auf Steinsockel von 1986. Zwei ockerfarbene Gedenktafeln aus Holz. Freier Platz unter Eichen. Der Name des Tales ist Schelmansiepen. Südlich des Bocksnackens. Tode fanden auf dem Scheiterhaufen statt. 1616 Frau Winter und Herr Wolrat. 1617 Johan Steinecke, Ida Teipels, Frau Bader, Agatha Kricks, Catharina Schutes und N.N.. 1629 Maria Böckers. An der Folter während des Prozesses starben 1617 Bernhard Rahn, 1618 Agatha Poppers und 1628 in Anröchte Gertrud Koch. In Verfolgung von Zauberei. Sie starben den Feuertod. Es verfolgten Juristen, Theologen, die Landesherren. Im 17. Jahrhundert.

Danach folgte die Aufklärung. Vorgeworfen wurden Teufelspakt, Leugnung Gottes, Teufelsbuhlschaft, Schadenszauber (z.B. Viehvergiftung). Es wurde nachgegangen Privatanzeigen und Gerüchten. Es wurden gefangen gesetzt und peinlich befragt (d.i. Folter), Geständnisse erpreßt, die am folgenden Tag wiederholt werden mußten. Nochmalige Folter. Bei dreimaligem Geständnis mit nachfolgendem Widerruf wurden die Angeklagten freigegeben oder des Landes verwiesen. Meist waren sie nicht mehr in der Lage zu widerrufen. Es wurde Gewalt angewendet, da der Teufel ihnen Macht gab. Michael Stapirius, Pfarrer zu Hirschberg, gab eine öffentliche, schriftliche Darlegung und Darstellung der Folter.

Las im Zwielicht Kötterholz auf den ockerfarbenen Gedenktafeln aus Holz, während hinter ihm schon das Hexenfest vonstatten ging. Sauerländer Walpurgisnacht. Wegen des Wetters jahreszeitlich verschoben. Bier aus nahegelegenem Betrieb und Fackeln in den Waldboden gesteckt. Lampions in die Baumzweige gehängt. Mädchengeflatter und spitzige Schreie. Feministisches Schützenfest alternativ. Sexismusfreie Waldlandschaft mit Rauschen. Der Blätter und der Kleider. Hier und da ein Besenstiel. Sabine und Heinrich der Jüngere flogen vorbei und spielten Hex' und Hexerich. Gepackt an Kleidersaum und Hand. Hüpfend am Waldessaum. Stellenweise suchten sie sich anzuknabbern, anzulutschen, abzusaugen.

»Hallo, Heinrich!« rief Sabine dem alten Detektiv zu, und beide waren schon vorbeigeflogen hinter Baumstämme und Gebüsch, was nichts zu besagen hatte und Kötterholz auch gleichgültig war.

Obwohl - es war ihm schon ein wenig unheimlich zumute. All die weiblichen Hexen. In Buntgewirktem und kunstvollem Patchwork. Hexenquilts und überall Schleierähnliches. Lange Kleider über Waldboden schleifend und drüber ein wogender, weil ungestützter Körper. So bog sich weich Weibliches durch Stoffgefließ. Busen und Hüften umwallt von Biostoffen, reine, kratzende Schafwolle, durch Biofarben auf Grau gebracht. Und dann die Lampions dazu. Und beileibe wenig Männer. - Dahinten Grämling, jung und aufgeschlossen.

Kötterholz hatte vergessen zu fragen, ob es sich um ein männerfreies Fest handle, weil ja eben Feier. - Aber wie dem auch sei, das Bier schmeckte und war wohltemperiert. Die sauerländischen Damen verstehen sich auf wohltemperiertes Bier. Aber auch die entsprechenden Klaviere kommen nicht zu kurz, wie man in Drüggelte gesehen, wenn es sich dabei auch um ein Cembalo gehandelt hatte. Der Motettenchor war ebenso wohltemperiert. Kötterholz mochte an Callgirl-Ringe nicht glauben, auch wenn Heinrich und Sabine jetzt gerade in heimatlichen Büschen steckten.

...und da war ein Herzen und ein Kosen...

Kötterholz erkannte im fraulichen Betrieb aus Flatter-girls den Kinnbart-Skin und Franz den Fahrer. Sie hielten sich von ihm entfernt. Was aber auch nur daran liegen konnte, daß sie die Nähe der portablen Biertheke mit dem ambulanten Bierfaß nicht für Augenblicke aufgeben wollten. Kötterholz verbot sich typisches Mannsverhalten und stand abseits. Dies überließ er, den Abend zumindest, den Bewußtseinsglatzen und den Hexen. Und Mausfitt natürlich, dort drüben, gedrungen, drahtig und lebhaft (wohl aufgehoben in seinem Element?).

Eine der Hexen hub endlich zu einem abenderöffnenden Vortrag an: ...hunderttausend Opfer und mehr... am meisten in Deutschland (Grinsen der Geistesskins)... Nördlingen zum Beispiel... besonders Hebammen und Kräuterkundige... die Hl. Inquisition... Hexenhammer... Hexenhammer... femina als fe-minus... und Abfall vom Glauben... Ritt auf Teufel und Bock... und aber, und aber die magischen Fähigkeiten der Frau... Hexenklänge...

(Tatsächlich waren nun aus einem Ungefähr - wohl aus dem Wald nahe der Lichtgrenze - langsame Töne wie von Zimbeln, Xylophonen und dumpfen Trommeln zu hören und sprengten den gemütlichen Eindruck von Schützenfest, waren augenscheinlich gedacht als einstimmender Höhepunkt von Hexentum, flauten aber schnell ab nach feierlicher atemloser Stille, Gott sei Dank: Gelächter und Prost.)

...Hexenklänge... die spirituelle Entwicklung der Frau... Arkuna... Arkuna...

(weitere Ausrufe der Hexenart, Bier und Salzstangen)

...Folter... Teufelsbräute... Wasserproben... Feuertod... die magischen Fähigkeiten der Frau wiederentdecken... die spirituelle Entwicklung der Frau fördern... zum Wohle der Allmutter Erde...

(Dabei war es Kötterholz doch so, daß früher die Hexen von den Mächtigen dazu gemacht wurden - zu Folter und Vernichtung, - zur Stärkung der eigenen Macht. Aber Kötterholz hatte weder Lust auf Fragen noch auf deren Beantwortung.)

...Folter...

(Zimbeln, Glöckchen, Glöckchen, Patchworkgewalle - draußen am Rande des Lichtscheinkreises legten Frauen Steine auf den Moosboden - geheimnisvolle -: es wurde ein Kreis aus R Quadrat mal Pi.)

...Hexentanz... Hexentrans... und der Hexen göttlicher Wahn...

Sabine forderte Kötterholz zum Tanzen auf.

(Zimbeln, Trommeln. Klang da nicht auch ein wenig Motettenchor, langsam, ziehend, dunkel-feierlich, dieser melomanen Musikhexen von der Gnadenmutter zu Werl durch?)

...Wesenheiten... Geistwesen... Wesen der Wesen... Geistesschauer... Menetekel... Menetekel... Zaubersteinkreis... Kreissteinzauber... Zauberkreisstein...

(Kötterholz zu sich, denn er hatte Jung-Heinrich in dieser Walpurgisnacht aus den Augen verloren, Kötterholz zu sich: Menetekelage, Menetekelage; er war nah dran am gemeinsamen Hexentun.)

Da aber mochten die Glatzen nicht länger zurückstehn. Da wurden zwei Fackeln entbrannt. Und einige Hexen glaubten zunächst an eine Lichterkette; für einige Augenblicke wurd's still in den Bergen.

Der Kinnbart-Skin: »Ich bin stolz, ein Deutscher zu sein.«

Kötterholz fragte: »Warum?«

Franz der Fahrer: »Schnauze!«

Der Kinnbart-Skin: »Weil ich stolz bin, ein Deutscher zu sein. Sammelt euch. Sammelt euch gegen Bimbos und

Fidschis!« Die Worte kamen ihm nicht mehr allzu flüssig von der Zunge.

Eine Hexe sagte: »Tough guy!«

Franz der Fahrer, an fremde Zunge wohl weniger gewöhnt: »Klappe! Zuhörn!«

Kötterholz (zu sich, wegwerfend, gelangweilt): »Baseball-Schläger schwingender Collegeboy in Gehirnlederhose und German Geistestracht.«

Die Hexen waren zu ihrem Schützenfesttreiben (»So ein Tag, so wundersch...!«) zurückgekehrt. Aber die Fackeln brannten noch, steckten, als Partylichter verkleidet, im Waldboden.

Tröger tauchte für Sekunden auf, nickte Kötterholz zu: »Nett, nich?«

Er wartete die Antwort nicht ab.

Kötterholz schlich über die Lichterlichtung und hörte dem Gewisper zu:

Nein, das sei ja wohl das Allerletzte, sich die Beine rasieren und alles Natürliche sei futsch, nur weil es der Mann verlange, der sei ein Kinderschänder und ihn lechze nach glatter Kinderhaut. - Kötterholz kam das Unheil der eigenen morgendlichen Rasur nicht klar zu Bewußtsein.

Hexensabbat. Hexensabbat.

Kötterholz schlich von Gewisper zu Gewisper, autistischer auditiver Voyeur, um von sich lauthals zu hören.

Er, der dämliche Mann. Phallokrat und taube Nuß, Kindesmißbraucher. Er, der endlich mal mit seinen Ängsten, Lochphobien und Spaltapotheosen zu Rande kommen solle, der Rammelheld. Nach herrschender Meinung ein Drohnentier. Prinzchen mit Zepter zwischen den Beinen. Er kann sich eine Weltverbesserung mit Hexenallsätzen nicht vorstellen. - Seine Geisteslücke! Jawoll!

Gewisper. Raunen. Alraunentüddelütt.

»Wo ist Tröger, verdammt noch mal! Wir wolln nach Hause.«

Sabine forderte ihn wieder auf und war gleich wieder weg.

Gewisper. Faltenwogen und Steinlegen.

Hinkelstein. Mußt nun immer bei mir sein.

Hexenverse. Hexenferse. Hexenfärse. Lieb Mägdelein. Mußt nicht mehr alleine sein.

Gewisper.

Kinderschänder.

Ein Ruf, so laut wie Donnerhall: »Ich bin stolz, ein Deutscher zu sein!« Warum auch nicht, mein Gott, aber soll das alles sein?

Kinderschänder. Glatthautfetischist.

Gewisper. Allsatzgebrüll.

Die Brücke ist wirklich schön.

Die Brücke ist ihr gut gelungen. Schaut mal die Pfeiler. Wuchtig.

Zu wuchtig für ein kleines Mädchen im Kindergarten.

Die wuchtigen Pfeiler und das aufgewühlte Wasser. BLAU.

Und stellt euch vor, die kleinen Händchen auf den haarigen Oberarmen.

O Gott!

Und die haarigen Hände auf den kleinen weißen Oberschenkeln.

Nein!!

Ein Signal!

Da muß ein Signal her!

Das müssen wir weiter beobachten. Ich mein', wir als Erzieher, wir müssen die stummen Schreie...

Bei den winzigsten Anzeichen ist Handlungsbedarf.

Geraune. Alraune. Geschrei und Kampf. Geschrei. Geschrei. Dabei. Gschamig drehte sich Kötterholz in den Schatten hinter einen Lampion. War er wirklich so schlecht? In ihm schrie es nach Betroffenheit.

Die sexuelle Gewalt in der Familie ist in der Gesellschaft ein Fakt. Das Mädchen sendet Signale. Es gilt eine wache Aufmerksamkeit; die Dunkelziffer ist groß. Wir müssen wachsam sein. Nur von uns kann Rettung ausgehn. Die Brückenpfeiler und dies Ding da weisen den richtigen Weg. Das sind stumme Schreie. Wir müssen uns der Verantwortung stellen. Hier müssen unsere Interventionskonzepte greifen. Hier ist Parteilichkeit vonnöten. Wir ergreifen die Partei der Opfer.

Der Vater ist immer der Täter.

Die Mutter blind und hörig.

Der Lampion flackerte Kötterholz vor Augen. Nicht nur des Windes wegen. Abgründe taten sich auf. Nicht nur des Dunkels wegen. - Bin ich wirklich so schlecht? fragte er sich angstvoll. Das Rauschen der Blätter, die Trommel und das Zimbelgeschrei taten das Ihrige und Irrige. Kötterholz wagte sich nicht zu rühren. Ängstlich umfaßte er den nächststehenden Ast, ohne zu ahnen, daß das genau das Falsche war. Umfaßte er ihn, aller möglichen widerlichen Nachreden zum Trotz. - *Tuet Buße! Seine Schuld! Seine Schuld! Seine übergroße Schuld!* - Es war lange her, daß Kötterholz gebeichtet hatte.

Kinder, denkt zielstrebig und parteiisch. Zeichen und Signale.

Der dritte Fall in einem halben Jahr im selben Kindergarten. Meint ihr?

Achtung, die Dunkelziffer!

Wir bräuchten vielleicht eine Supervision.

Unsere Intervision genügt erstmal.

Handlungsbedarf.

Inobhutnahme.

Was sonst?

Es hatte zu regnen begonnen. Kötterholz zog sich den Kragen seiner Jacke höher. Er umfaßte, ungeachtet möglicher Fehldeutungen, noch immer den Ast. - Bin ich wirklich so schlecht? fragte er in sich hinein. Tragen wir das Kainsmal auf Brust und Schwanz? - Es schüttelte ihn. Und es war nicht die aufkommende Kühle. Angstvoll blickte er hinauf in den Himmel zwischen Baumkronen. Die Sterne waren verschwunden. Und es lag nicht am Sauerland oder an einem plötzlich aufziehenden atlantischen Tief.

Sexueller Mißbrauch in der Familie ist das Gespenst unserer Zeit. Es geht um. Handlungsbedarf.

Sie zeigt Aggressionen, nicht wahr?

Sie sagt, ich soll aufhörn mit dem Stuß.

Inobhutnahme.

Handlungseile.

Ich kenn' da ein Heim an der Mosel.

Gerichtsbeschluß?

Wird nachgereicht.

Übermorgen. Beim Freilauf im Garten.

Sie wird weinen. Und die andern auch.

Voll Schrecken hatte Kötterholz sich noch weiter ins Dunkel geschlichen. - Was tun wir da? Die Frage ging ihm nicht aus der Seele. Der Lampion flackerte. Er ging weiter zurück, bis er im Rücken das Gebüsch spürte. Der Lampion flackerte vor seinen Augen, als er eine Hand auf seiner Schulter spürte. Er erstarrte. Es war Tröger, der sagte: »Nett hier, nich?«

»Sind wir wirklich so schlecht?« fragte Kötterholz.

»Wer?«

»Wir.«

»Wer wir?«

»Sind Männer wirklich so schlecht?« Kötterholz wurde eine Spur genauer. Er bemerkte seinen Schweiß aus den Achseln an der Brustseite hinunterfließen.

»Hast du 'ne Meise?« fragte Tröger zurück. »Wir sind zärtlich und liebevoll. Frag Sabine. Die muß es wissen, - seit eben.«

Auch später am Abend, als Sabine ihn wieder aufforderte, wagte er nicht zu fragen. Der Regen hatte aufgehört. Kötterholz fror noch immer. Er tanzte mit Sabine und sagte, das mit dem Callgirl-Ring sei doch nicht ernst gemeint.

Sabine lachte auf: »Und ob!«

Außerdem hatte Sabine die Nase voll von musischen Softis. Deswegen also die Sache mit dem Kinnbart-Skin? Aber der sei doch Mitglied im Motettenchor.

»Auf jeden Fall sagt der, wo's langgeht!«

»Wo denn?«

Auf die Frage, wieviele deutsche Motetten sie denn im Repertoire hätten, gab Sabine keine Antwort. Auch über den musischen Wert dumpfer Trommeln wollte sie keine Auskunft geben.

»Aber Männer sind doch liebe Wesen.« Kötterholz konnte sich eines kurzen Hinweises auf Heinrich Tröger nicht enthalten, ebensowenig dessen Rates, eben hierüber Sabine zu befragen. Die schob Heinrichs Meinungsäußerung auf das bis eben unberegnete, abendlich-sommerliche Ambiente sauerländischen Waldgebüschs. »Das regt den Jungen auf.«

Auf Kötterholz' Frage, ob sie Wolfgang ermordet habe, sagte Sabine: »Nein.« Und dann war der Tanz auch schon zu Ende.

Kötterholz riet inständig von dem Callgirl-Vorhaben ab. Die Gefahren dabei!

»Hören Sie auf einen alten Mann! Ich könnte Ihr Vater sein!«

Da müsse sie erst ihre Mutter fragen, rief Sabine beim Wegsprung.

XII

Glatter Mord
und abschließende Ereignisse

»Ich sag' ja gar nichts«, sagte Kötterholz.

Tröger auch nicht. Aber seine Augen wischten wieder durch den ganzen Raum; ein Gebrüll blieb aus. Die Erlebnisse machten ihn traurig, also sanft. Die Gebüschkriecherei war wohl nicht zur finalen Beglückung geworden und Sabine mit dem Kinnbart-Skin auf und davon oder einfach nach Hause.

Kötterholz hatte nach ausgiebiger und tiefer Nachtruhe, eigentlich schon beim Zubettgehen und ohne dämlichen Zwang zu erotischen Verrenkungen und innerlich preisend die Geruhsamkeit seines Alters, die Frage nach der ultimativen basic-Schuld des Mannes aufgegeben und genoß wohlig seine erbsündige Freiheit, mit sich allein schlafen zu gehen, obwohl diese ihm streitig gemacht wurde von der anderen Hälfte der Menschheit, der er aber trotzig die Repräsentanz absprach. Dann und wann kam noch männlich archaisches Aufbegehren in ihm hoch, währenddessen er sich das abschließende Versprechen gab, nie mehr wallenden Rundformen Türen aufzuhalten, in Mäntel zu helfen oder letzte Hotelzimmer mitten in der Nacht und einsamer Gegend abzutreten, sollten auch noch so viele Bälger im Fonds des Wagens plärren. Diese Aufwallungen erkannte er lächelnd als alberne Rückfälle in pubertäre Trotzphasen oder, was wesentlicher war, als schlichte Unbequemlichkeiten: Sollten sie doch gewonnen haben! Den Kampf und die Welt!

Er wollte Tröger nichts davon berichten. Er überließ ihn seiner Trauer, seinem Zärtlichkeitsmangel und Kußüberschuß; sollte ihm seine Liebe oder was er dafür hielt, sollte ihm sein Herz vorkommen wie ein übervolles Schnapsglas. Jeder mußte einmal abschließen, - aber möglichst nicht mit dreißig, gab Kötterholz philosophisch weise zu.

Da mußte man der Liebsten noch Lustschlösser bauen oder besser: zur Auswahl stellen, damit sie überhaupt wollen wollten. Da mußte man noch jedem Lächeln, jedem Kuß, auch dem starren bei geschlossenem Mund, jeder Bramme, jedem Schmollen, jedem Nebensatz nachjippern. Mußte noch der Nachgelaufenen, Noch-nicht-Abgelaufenen Kunstausstellungen in mondänen Arztpraxen einrichten, um ihre dekorativen, rotstrotzenden Seelenbilder der gar nicht so großen Öffentlichkeit zu verkaufen versuchen, und ihr vormachen, es schrien die Wohnzimmer mit Klinkerkamin nach ihrem Kunstkram.

Kötterholz schloß ab.

Wenn auch nicht diesen Fall eines Musikers und Oberstudienrats. Auch wenn Tröger nun - bei schwarzem Kaffee und sonst nichts - fragte: »Wann fahren wir endlich nach Hause?«

»Ich darf daran erinnern«, sagte Kötterholz, »daß wir wieder engagiert sind.«

Aber auch die Aussicht auf Verdienst holte Tröger nicht aus seinen Trübsinnigkeiten und brachte Kötterholz kurzzeitig auf den Gedanken, es sei etwas Ernstes.

»Sabine jedenfalls ist nicht die Mörderin.«

»Wer sagt das?« fragte Tröger leise, mit verquerem Ton. »Sie! Ich hab sie gefragt.« - »Dann muß es ja stimmen.«

Ton und Kürze machten Kötterholz nun doch Angst.

Ach, dem Traurigen ist alles traurig, dem Liebenden ist alles Not.

Und Gott sei Dank trat in diesem Augenblick der alte Herr Olgensatt ein und wurde von der Bedienung an den Tisch geführt: großer Kopf und weißes Haar.

Er sagte einige Augenblicke nichts und kostete augenscheinlich beider Überraschung aus. Dann begann er mit dem Wetter: nach einer verregneten Nacht sei es ja wieder schön; ein wirklich schöner Sommer!

»Sind Sie denn in der Nacht draußen gewesen?« fragte Tröger.

Franz habe ihm berichtet, lächelte der Alte. Ein wenig zu dünnlippig, als daß ihm ein Lausbubengesicht gelungen wäre. Sonntag morgens segeln. Da sei er auf einen Sprung. Oder ob er störe.

Er lud sie an den See ein. Da liege sein Boot. Zu Trögers Erstaunen sagte Kötterholz ja.

Als sie aus der Wirtschaft traten, hatten sie vor sich die Drüggelter Kapelle im Sonnenlicht, frei und ohne Stich ins Schwüle, der Regen ankündigt. Gerade fuhr ein Bus vor.

»Ist schon ein Schmuckstück, unsere Kapelle«, sagte der Alte. Tröger hätte gern geglaubt sich verhört zu haben. Er schaute zu Kötterholz hinüber und sah, wie sich dessen Gesicht in nackter Wut verzog. Zur Vorsicht hielt er ihn am Hemdsärmel. Aber Kötterholz hatte schon wieder zu Gleichgültigkeit zurückgefunden, sagte sogar: »Ein wirklich interessanter Bau.«

Christiane habe ihm gesagt, sagte Olgensatt, daß sie ihnen gesagt habe, er gehe Sonntag morgens immer segeln. Er schaute Kötterholz an und lächelte ganz und gar nicht.

Sie gingen zu Fuß hinunter nach Delecke zum Anlegeplatz. Franz der Fahrer war nirgends zu sehen.

»Ich habe ihm heute freigegeben«, sagte Olgensatt, der vielleicht ihre Blicke beobachtet hatte.

Tröger machte sich Gedanken darüber, was der alte Autohändler wohl vorhabe. Der hatte mittlerweile seine Gesprächsstücke über das Wetter aufgegeben. Und es wurde ein merkwürdiger Gang zum See hinunter. Am Anlegeplatz setzten sie sich auf eine Bank, dem Boot genau gegenüber, und das Schweigen begann von neuem.

Er wisse nicht, ob sie ihn verstehen könnten, sagte Olgensatt. »Nein«, sagte Kötterholz.

Er meine das mit seiner Familie. Er meine seine Furcht, seine Familie, sein Name, seine Firma (er sagte tatsächlich: Werk oder gar Lebenswerk); er meine, daß das alles aussterben könne.

»Der kleine Thomas«, sagte er, »ist eine zu kleine Basis.«

»Sie wollen Ihre Dynastie retten?«

Tröger hatte nicht den Eindruck, daß Kötterholz sich einen Scherz erlaubte. Aber für seine Begriffe erreichten ihre Sätze nun langsam alberne Höhen; Herrscherfamilie Olgensatt zu Neheim. - Lachhaft! - Er stand auf und ging vor den beiden Alten auf und ab. Das war ihm alles zu alttestamentarisch. Der Alte war ein Spinner. Aber er griff real ins Leben ein, zumindest in das seiner Angehörigen. Tröger dachte an Christiane. Schon hörte er Kötterholz fragen: »Deswegen also die Bettversuche bei Ihrer Schwiegertochter?«

Olgensatt lachte: »Ich hab' glatt vergessen, daß Sie von Christiane engagiert sind. - Ich biete Ihnen zehn Prozent mehr. Wieviel zahlt sie?«

Darauf antwortete Kötterholz nicht.

»Weder Thomas noch Wolfgang bringen etwas Richtiges, ich meine, Dauerhaftes zustande.« Olgensatt hatte zu lachen aufgehört; augenscheinlich amüsierte er sich nicht mehr. Kötterholz störte die Präsensgebung in seinem Satz über Wolfgang.

»Ihr Sohn ist tot«, sagte er, »dem können Sie nichts mehr vorwerfen.«

»Sie irren«, sagte der Alte.

»Sie vergessen seine musikalische Blindgängerei«, fuhr er fort. Dann blickte er über den See und holte sich eine Menge Luft. Ob er, Kötterholz, denn meine, daß diese Klavierspielerei ihm nicht ein Dorn im Auge gewesen sei. Ob er sich vorstellen könne, daß es ihm etwa leicht gefallen sei, Wolfgang Musik zu ermöglichen, um dann festzustellen, daß Thomas Toscana-Himmel über weiße Blätter wischte. Und da solle er nicht, verdammt noch mal, die Sache selbst in die Hand nehmen, um noch einen Versuch zu starten, die Familie stärker zu machen, zu sichern, wenn die Söhne praktisch ausfielen. Und weswegen sie ausfallen... Weil sie nicht handfest ins Leben eingreifen, sondern es nachäffen mit Pinsel und Klimperei.

Er liebe das Segeln.

(Und gerade spielte er mit einem Stück Seil und fummelte Knoten hinein, die er wieder löste und an anderer Stelle schürzte; dann warf er den Strick im Bogen auf sein Boot.)

Oder er liebe Autos. Da wisse man, was dabei herauskomme. Und wenn's sein müsse, 'ne Menge Kinder. Und es müsse sein! Schließlich... die Firma einem Wildfremden... etwa, und weg wär's mit dem Namen.

Gott im Himmel, dies verzärtelte und unmännliche Getue in irgendwelchen geheimen Reichen von Farben und Tönen. Zeugen (und es war tatsächlich wie Aufschreien zwischen den Sätzen), Zeugen zum Beispiel, das heißt, in die Welt setzen, ans Laufen bringen, den Leerlauf überwinden, seinethalben auch den Leerlauf der Welt überwinden, Nullstellen ausfüllen, Leere und Loch, von der Stelle kommen, beweglich sein. Kunst (er gebrauchte den Ausdruck mit sichtlicher Überwindung), Kunst trete auf der Stelle oder haue auf immer dieselben Tasten, das treibe auf der Stelle als führerloses Boot, führerlos, wenn er, Kötterholz, begreife, was er, Olgensatt, damit sage,

(Kötterholz nickte, sah Tröger, und beide begriffen.)

strande, strande, das heißt, immer dasselbe, Liebe, Tod und Töne, verdammt noch mal, ob er begreife, er, also er, er, Olgensatt, habe keine Töne einfach in die Welt zu blasen, führerlos, wenn man so wolle, aber Deutschsein, das heißt eben eine Sache um ihrer selbst willen tun, Autos verkaufen und die Welt in Bewegung halten, über sich hinauswachsen, da komme zusammen, was zusammengehöre mit Volldampf und mehreren Zylindern; Franz der Deutsche, der sei die eigentliche Kunstfigur, weil real, so real, wie es realer nicht gehe, der fülle Leere aus, Franz der Deutsche, der sei der wiedergefundene Mythus (ja auch er lese oder höre Autoradio), der wiedergefundene Mythus (er sagte tatsächlich Mythus) aus dem Proletariat und der Nachbarschaft der starken Jungs von nebenan, zur Familie eher gehörig als die anderen schwachen Kunstlappen, die nichts schaffen und ausfüllen, und besonders nicht Wolfgang, Franz sei der wahre Künstler, der er eigentlich gar nicht sein wolle, natürlich nicht.

Der wahre Künstler…

(Olgensatt kämpfte sich an seine Schlußakkorde heran wie ein Dirigent mit ausgebreiteten Armen.)

…der wahre Künstler verkaufe Autos - Farbe, Form und Ton - alles inbegriffen - fahre Segelboot, wo es zusammenzuknüpfen gelte und Verbindungen zu schaffen zwischen Wasser und Horizont. Ja, er möchte gar Flugzeugbauer sein statt Bördebauer, dem übers Jahr immer dasselbe wachse, Raps, Mais, Liebe oder Zwiebeln. Olgensatt sprang auf sein Boot. Kötterholz folgte langsam.

Tröger war stehengeblieben, schüttelte sich. Als der Alte, das Seil schwingend, an Kötterholz' Hals war, hatte er ihn bereits mit der Faust am Kopf getroffen. Kötterholz stand steif und erschrocken, fuhr Tröger dann sacht durchs Haar und schnaufte ein paarmal kurz.

Olgensatt hatte sich beruhigt. Den Schlag schien er einfach so weggesteckt zu haben. Atmete laut, sagte eine Weile nichts. Dann wurden die Atemzüge regelmäßiger, die Gesichtsfarbe hellte sich auf, er sagte: »Wenn Sie wissen, was ich meine…«

Kötterholz nickte, sagte aber: »Man kann nicht Firmennachwuchs zeugen, indem man ihn dezimiert.« Olgensatt schwieg.

»Aber es macht die Verhältnisse klar«, sagte er dann. »Unnützes wird tatsächlich unnütz und Schwaches endlich schwach.«

»Wie haben Sie Ihren Sohn eigentlich ans Glockenseil gekriegt?« fragte Tröger.

»Franz ist kräftig genug.«

»Dabei stieß er die Stühle um.« - Nicken.

»Und vorher ein Schlag auf den Kopf.« - Nicken.

»Er hat den Baseball-Schläger meist dabei.«

»Hinten im Auto.«

»Wie praktisch.«

»Für alle Fälle.«

»Die sind häufiger, als man denkt.«

Kötterholz: »Ein bißchen haben Sie den Körper dann geschaukelt.« Er dachte an die Schleifspuren auf dem Cembalo. »Auch wohl kräftig dran gezogen?«

»Er sollte nicht lange leiden.«

Dann schwiegen die drei. Die Sonne stand hoch und gleißte im Wasser. Das tat den Augen weh. Olgensatt stand breitbeinig auf seinem Boot. Weder Tröger noch Kötterholz kümmerten sich um ihn. Sie wußten nicht wohin mit ihren Blicken.

»Das Wetter ist zu schön, um am Ufer rumzutrödeln«, sagte Olgensatt, indem er die Taue löste.

»Ist noch was?« fragte der Alte.

Als er mit dem Ruder das Boot vom Steg stoßen wollte und sich bückte, ging im Rücken der Detektive der Schuß los. Olgensatt sackte unter dem Segelbaum weg. Sein rechter Arm fiel über die Bordwand und ließ das Paddel ins Wasser klatschen. Eine Geste, als ob er abwinken wollte. Kötterholz und Tröger waren zusammengezuckt; Christiane hatte die Pistole noch in der Hand, als sie sich umdrehten. Sie ließ ihren Arm an der Hüfte hinuntersinken. Die Pistole knallte auf den Plankenboden des Stegs.

Sie standen da.

Verzeichnis der abschließenden Ereignisse
(alphabetische Folge)

Christiane Olgensatt rührte sich nicht.

Das Gnadenbild der Mutter von Werl erfreute sich weiterer Wallfahrten.

Das Gymnasium Brilon sucht immer noch einen Musiklehrer.

Das Segelboot dümpelte einige Meter vorm Steg. Dann stieß es an benachbarte Boote. Der Alte rührte sich nicht.

Das Wetter am Möhnesee blieb nicht immer so gut wie in diesem Sommer.

Der Brief aus Münster, der endete »Alles Gute, Liebe, Schöne Dein Heinrich«, blieb unbeantwortet.

Der Callgirl-Ring verharrt weiter in Planung.

Der kleine Thomas wuchs heran.

Der Name Olgensatt vererbte sich.

Die Aufklärung eines Mordes durch einen Mord?

Die Drüggelter Kapelle erhielt einen Rasenvorplatz, aber keine Turmuhr.

Die Gnadenmutter von Werl gebe, daß die Neonazis bei 20% stagnieren!

Die Rechnung der Detektei SUPERVISIO Münster wurde von Herrn Thomas Olgensatt pünktlich beglichen.

Die regelmäßigen Konzerte in Drüggelte wurden mit anderen Künstlern fortgeführt.

Die Sonne schien immer noch ohne Unterlaß.

Einige Zeit später veranstaltete im Haus des Gastes von Körbecke Schulte Schwingenhorst einen Gesprächsnachmittag unter dem Titel »Aus der Arbeit unserer Polizei«, für die älteren Mitbürger. Er nannte keine Namen. Der Nachmittag war ein voller Erfolg; die Gemeinde plant eine Fortsetzung.

Es war still.

Fahrer Franz wurde verhaftet.

Grämling hieß weiter so und blieb voller Dynamik und Gottesfreude ein alerter Gottesmann.

Häufig besuchte Thomas Christiane zu den Besuchszeiten.

Hellbach belegte den Fortbildungskurs »Der genetische Fingerabdruck, Teil 7« und erfuhr aus der Unterwelt den Tip, Briefmarken von Erpresserbriefen nicht anzulecken.

Im Café am Servatiiplatz erfreute sich Kötterholz seiner täglichen Zeitung.

Im Gemeinderat von Körbecke ging der Antrag auf Erhebung einer Zweitwohnungssteuer ohne Gegenstimme durch.

Immer noch köpft Tröger seine Frühstückseier (4 min.).

In der Scheune neben der Drüggelter Kapelle las der heimische Dichter, Germanist und Japanologe, seine Haikus.

Jahre später, viele Jahre später fuhren die Olgensatts wieder in die Toscana.

Jahre später, viele Jahre später zog Franz der Fahrer nach Dortmund um.

Kötterholz blickte auf sie.

Kommissar Hellbach gab seinen Leuten Anweisungen.

Liebe ist: dem Anderen die Noten umblättern.

Männer haben eine Lebenserwartung von 72 und dürfen sich mit 65 pensionieren lassen. Frauen haben eine Lebenserwartung von 78 und dürfen sich mit 62 pensionieren lassen.

Mausfitt blieb bis ins hohe Alter ein Freund der Jugend.

Nach und nach kamen Schaulustige an den Steg.

Polizist Schulte Schwingenhorst führte Christiane in den Streifenwagen.

Sabine gab den Skin-Bart auf mit der Begründung gegenüber ihren Freunden, er sei ihr zu kompliziert gewesen.

Sieffert übte seinen Baß zu Hause.

Sie gingen ins Alte Backhaus packen und reisten noch am Nachmittag zurück.

Sie schwieg.

Sie standen da.

Stets sterben Hexen wie immer, unter Schmerzen und Feuer.

Thomas Olgensatt verkaufte weiter Autos. Das Geschäft lief gut.

Tröger eilte zum Telefon.

Um das Haus in Völlinghausen wuchs weiter das Unkraut, halbmannshoch.

Weitere Hexenfeste wurden in die Schützenhalle verlegt und hießen nicht mehr so.

Ende